易堂寻踪

关于明清之际
一个士人群体的叙述

赵园 著

赵园作品系列

北京师范大学出版集团
BEIJING NORMAL UNIVERSITY PUBLISHING GROUP
北京师范大学出版社

目　录

南昌—赣州 ……………………………………………… 1

宁都 ……………………………………………………… 14

宁都·翠微峰（一）…………………………………… 43

宁都·翠微峰（二）…………………………………… 111

宁都·冠石 ……………………………………………… 155

南丰—星子 ……………………………………………… 194

附录一 …………………………………………………… 202

　　翠微峰记/魏禧 ……………………………………… 202

　　翠微峰易堂记（节录）/彭士望 ………………… 204

附录二 …………………………………………………… 212

　　走过赣南/赵园 …………………………………… 212

附录三 …………………………………………………… 223

　　本书征引诸书版本 ………………………………… 223

后记 ……………………………………………………… 227

南昌—赣州

1

客机飞临南昌机场时，在倾斜的机翼下，我看到了红黄相间的田块。黄的应当是油菜花。直到更接近地面，我才看清了，红的是泥土。在这一刻，我有隐约的激动，因为我知道，我正在接近我的故事发生的地方。此后的一周里，我一再看到红土地，看到赭色的山壁。我的江右印象，就由这红与浓绿涂染而成。

动身来这里之前，我对于明清之际一个被称作"易堂"的群体发生了兴趣，读了其中人物的文集。这些今天已乏人问津的文集向我讲述的，首先是一个个关于友情的故事，与此线索平行或交叉的，另有关于兄弟、夫妇、师弟等等的故事。我当然明白，无论朋友的还是兄弟的故事，都已然古老，却仍然认为，我的这些发生在动荡时世的故事，当由一些鲜明生动的个性演绎时，与平世的同类故事势必有所不同。我将由南昌再度启程，向距这里数百公里的赣南山中寻访那些生活在三百多年前的人物，在这省城不过稍事停留。

行前我就由文献中得知，南昌地处"百粤上游"，为"三楚重辅"，在本书所写的那时代，被由军事的角度，视为"咽喉之地"（顾祖禹《读史方舆纪要》卷八四）。元末群雄逐鹿，鄱阳湖曾有过激战。二百余年后，明清易代之际，南昌几乎成了炼狱。其时客居江淮的王献定（于一），听家乡来人说，南昌的东湖"蓬蒿十里，白昼多鬼哭"（《东湖二仲诗序》，《四照堂集》卷二）。施闰章也曾慨叹道："流血一何多，江水为之深。"（《同门李东园按察豫章乱后感寄》，《施愚山集》诗集卷一二）

抵达南昌的次日，我就走了东、西湖。两湖自然经了整修，西湖有鸟市，东湖则到处可见神态悠然的退休者。我突然想到，这些公园中休闲的老人，其先辈是否就是那次劫难的孑遗？

我正待寻访的人物中，有南昌人彭士望（躬庵），是其时江右的文人，对明末南昌的繁盛及劫后的残破有过记述。据彭氏说，战乱前的南昌，"东西湖最盛，诸府第高明之家、试士院皆临湖。湖东浒为孺子亭学舍，容生徒百十人，与三洲蔬圃相望"，湖中则有"轻舸画舫"，觞咏杂歌，"丝竹管弦，出没于烟波雪月之际。桥流宛转，花屿萦回，水禽时鸟，翔鸣上下，台榭阁道卉木，士女姣好，望之若画图，今俱化为瓦砾，灌莽蔽之……"（《赠董舜民游江粤叙》，《树庐文钞》卷六）。彭氏对此，自不胜今昔之感。今天的东湖公园中，孺子亭、碑尚

南昌·西湖鸟市

在。徐穉，字孺子，南昌人，东汉高士。《世说新语·德行》："陈仲举言为士则，行为世范，登车揽辔，有澄清天下之志。为豫章太守，至，便问徐孺子所在，欲先看之。"

写上引文字时的彭士望，侨寓赣南已三十年，既目睹过当年的繁华，彭氏与一同隐居的伙伴，梦境总应当有所不同的吧。即如这昔日繁华的碎片，那些光与影，必定会久远地残留在他此后的生涯中。

离开南昌前，到了城郊的八大山人纪念馆。奇怪的是，由文集看，我所欲寻访的赣南的易堂诸子，似乎不曾与同为遗民且在南昌的朱耷互通消息，只有他们的门人梁份的文集中，有致朱氏的书札。

我承认我对这城市缺乏更广泛的兴趣，预定目标及"寻访者"的自我意识，缩小了我的关注范围。我竟然没有足够的好奇心去观看这城市。对于发生在三百多年前的一段故事的专注，使我对于眼前经过的纷繁人生视若无睹。即使这样我也知道，在这些像是并无特色的街巷中，在看似与其他城市一般无二的日常生活里，一定有我所寻访的那段历史隐现其间，只是我不具备足够的敏感去辨识罢了。

2

由南昌乘火车抵达赣州时，我看到了一座整洁的小城。赣州是章、贡两江的交汇之地，我故事中的人物之一曾灿，一再称此地为"双江"。他的朋友陈恭尹说：

八大山人像

"赣之为州，合章、贡二水而得名。"（《命儿赣字端木说》，《独漉堂全集·文集》卷一五）当年或许曾经舳舻十里、灯火万家的？

赣州车站位于高地，四望空阔，并无我想象中的险要。我所寻访的人物称此城为"虎头城"，不免令我望文生义，以为类似雄关，却只看到了一些陵阜。很难相信发生在这个地方的战事，在明清之际的大故事中，竟以情节紧张而扣人心弦。由现代战争的角度，你已难以设想赣州在军事上的重要性。而据上面提到的顾祖禹说，赣州府"接瓯闽、百粤之区，介谿谷万山之阻，为岭海之关键，江湖之要枢。江右有事，此其必争之所也"（《读史方舆纪要》卷八八）。

由北京动身前得知的，是赣州连绵不断的雨，这里却一派响晴。在这小城宁静的午后，我所要寻访的，却是一个惨烈的故事：三百多年前，经历了抵抗清军的激战，围城陷落，一个叫杨廷麟的人物——他当时的身分，是南明隆武朝的兵部尚书兼东阁大学士——在这城中一处水塘自沉了。

此外我还知道，他埋骨在章江边一处叫"杨秀亭"的地方，我的故事中的主要人物魏禧，曾在那片墓地留连，悲怆不已。我相信仅仅想到了这些事，就已足以使我对这城的感觉，与别人有了一点不同。那遥远年代的故事正如水似的，悄然浸润着我，而在寻访并试着讲述它的同时，我被自己参与营造的氛围笼盖了。

赣州·清水塘

关于顺治三年（丙戌）赣州的战事，正史与私家都有记述：杨廷麟与万元吉守赣州，围城半年，城破，杨氏赴清水塘死。这天是十月四日。乾隆四十七年刊本《赣州府志》卷二《地理志·风土》："赣州府风近闽、粤，而人抗志励节，有勇好斗，轻生敢死。"明清之际的这一仗，为上述"轻生敢死"作了注脚。据陆世仪的《江右纪变》，三日清军攻入赣州后，"乡勇犹巷战久之。四日黎明，北人大至，城上发炮皆裂，遂陷"（黄宗羲《行朝录》，《黄宗羲全集》第 2 册第 173 页）。当时有一个来自宁都的青年，本来可以逃生的，却选择了与杨廷麟同死（《别驾杨公传》，《丘邦士先生文集》卷一五）。

弘光朝覆灭之后，赣州之役原是绝望的抵抗，黄宗羲却还要说，"赣州之守与死者，皆三百年以来国家之元气也"。有一点大约是确实的，即赣州陷落，南明朝在江右的坚守从此溃决。方以智说，自杨廷麟等人死，"吉安山中之帜，先后俱尽"（《刘大司马传略》，《浮山文集前编》，转引自《方以智年谱》第 171 页）。其时的血，淋淋漓漓地渗入了泥土。而在这血战之余的土地上生长起来的，那段历史像是已融入了空际，与他们杳不相关。想不到的是，那清水塘居然还在，被裹在杂乱无章的民居中，塘边是浮萍与垃圾，想必是孑孓的滋生地。

在此期间，来自宁都的曾灿曾试图召集散亡，助杨廷麟一战。那年曾灿二十岁。彭士望也曾为杨廷麟募兵九江，还曾在赣州陷落后赎救杨氏遗孤——在当时做这件事，不消说是需要一点勇气的。而魏禧则自居杨氏门人，病故的前一年赴泰和就医途经赣州时，曾在杨廷麟墓前"拜伏，不胜呜咽"。那墓地当时已"荒冢蔓草，芜秽不治"（《崇祯皇帝御书记》，《魏叔子文集》卷一七），斜阳中但见两岸蓼花，一江秋水（同书卷七《拜杨文正公墓》）。

黄宗羲也在同一年，到南屏寻找过张煌言的墓地。寻找，是一个意在记忆的动作。大约因了对遗忘的恐惧，叔子不厌重复地，一再提到杨氏墓地所在方位。据带我们到此地的赣州的张先生说，这一带后来叫"杨公地"，自然因杨廷麟而得名，可知他在清代，还被赣州人纪念着。居住在这里的人知道这地名，指点着大致方向。这儿是一带高岸，俯临章江。江面宽阔，有小火轮远远地驶过。张先生说，他儿时在这周围嬉戏时，杨廷麟的墓碑尚在。赣州正在实施"一江两岸"工程，墓地所在，是平坦的滨江大道，道边花团锦簇，全没有了魏叔子、曾灿所形容的"萧瑟"。隆隆的车声会不会使得杨公廷麟魂魄不安？

半年的围城之后，战事自然异常惨烈。一些年后，曾灿仍像是能听到战马的悲鸣："记得当年万马嘶，虎头城外战声悲。"（《秋旅遣怀兼柬易堂诸子》，《六松堂诗文集》卷六）那年月，激战之后，往往有一"屠"——战胜者快意的杀戮。曾灿说赣州因了所处地理位置，出入多商贾，城陷之日，无分土著、商贾"皆屠之"，"其骨肉交道路，几与城齐，犬狺狺然走啮人骨"（《赠邑人杨君序》，同书卷一二）。魏禧也说，丙戌赣州一役，"士民数百万，一朝如断齑"（《金坛王习之持〈易极拟言〉过访……》，《魏叔子诗集》卷四）。

至于上文提到的"虎头城"，则因赣州曾有虔州之称，虔字"虍头"。据说宋代董德元曾上言，说虔州号"虎头城"，非佳名。廷臣议，也以为州名有"虔刘"之义，因而改名赣州（《读史方舆纪要》第581页）。宋人未曾料及的是，纵然改了名，仍不能免此"虔刘"（即劫掠、杀害）。由后世看来，"虔"竟成了发生于明亡之际的杀戮的凶谶！

乱世诸事的荒谬、诡异，有不可以常情常理来论的；发生于明清之际的风云变幻、局势反复，像是尤有戏剧性。围攻赣州逼使杨廷麟赴水而死的金声桓，竟于一年多之后"反正"（即降清后又归顺南明），其后是南昌的被围与陷落。城陷时金声桓竟也赴水而死，俨若轮回，以至黄宗羲不屑地说，既有今日，何必当初降清且"诛锄忠义"呢！南昌的围与屠，其残酷更有甚于赣州者。据黄宗羲《行朝录》，围城中曾杀人为食，"呼人为'鸡'。有孤行者，辄攫去烹食"。由金声桓"反正"，到南昌被屠，不过一年间，"合郡之民，死者数百余万"（《黄宗羲全集》第2册第206页）。

关于那段历史的记述中，随处可见"屠"的字样，事实却未必全如通常所想象。即使在腥风血雨中，小民的日常生活也会在顽强地继续，而由废墟上重建的速度，或也超出了人们的想象，而且总有人能由"死地"

逃生。这场惨剧发生之前，彭士望和他的朋友林时益就已避乱到了赣南的宁都，南昌被围之时，他们已与宁都的魏氏兄弟住在了翠微峰，躲过了这一劫，因而被许为"先几"。这是后话。

在这小城中，甚至当年的废墟也片瓦无存，令你无从凭吊。血污，创伤，疤痕、丑陋、伤心惨目的一切，曾经刻画在砖石瓦砾上的，早已被岁月的潮水洗刷净尽。但赣州并不曾真的遗忘，它不过将"既往"包藏在了"当今"之中而已。清水塘不是还在？我们看到了城北的古城墙、贡江上的浮桥，看到了散发着古旧气味的沿街的骑楼。较之此后行经的赣南小城，赣州有更多旧物的存留。只是不知这浮桥、骑楼还能保存几时，以及用何种方式保存。"现代化"像是一个迫不及待地删除实物历史的过程，上述旧物的被删除——整旧如新也是一种删除——或许只是时间问题。

"郁孤台下清江水，中间多少行人泪。"魏禧、曾灿生活的那个时期，郁孤台是他们抒发幽愤的所在。我所见的郁孤台，自然已经翻修，不过是原址而已。另有八境台，在章、贡两江交汇处，曾灿面对此景，写出的仍然是："少年戎马春风里，犹记围城不肯降。"（《己酉春日张天枢招同诸子登八境台得江字》，《六松堂诗文集》卷六）

赣州·郁孤台

赣州人或匆忙或悠然地，打我的身边经过，街口的"摩的"在等生意。空气已开始燠热。我并不以为周围的人们应当如我此刻一样，翻弄三百多年前的一页历史，想到围城、血战、奋不顾身地搏杀、战败后的从容赴死、屠城中的玉石俱焚。事实上我自己也是为写作这一行为所诱导，试图进入预先所设之境。赣州人眼下为了生计的忙迫，较之那一页并非不重要，他们没有理由与我一起分担这份记忆的沉重。我甚至知道，即使在杨廷麟赴水的当时，也并非赣州人都分担了他的悲愤沉痛。这也才是真的历史。

宁 都

3

动身之前想象中的赣南是潮湿的，到处氤氲着水气，树木无不"霜皮溜雨"，郊野则一色的青碧。已是农历四月，我知道桃花已然开过，梨花也开过了，开残了的，还有油菜花，曾将南国的春天涂染得一片金黄。我知道雨雪霏霏的早春刚刚过去，那一片粉绿，茸茸的绿，想必冷清而寂寞。当我走近宁都时，春色已老，热浪正待由遥远的某处袭来。

宁都并非如我行前所想象，笼罩在翠微峰巨大的山影之下。"易堂九子"隐居的翠微峰，是一座不高的山——我第二天就看到了。

乾隆六年刊本《宁都县志》黄克缵《旧志前序》曰："赣东之邑，宁为大，幅员之广，财赋之繁，衣冠文物之盛，甲于诸邑。"易堂诸子却像是乐于强调宁都的"僻"。魏禧曾自说"僻处南服之下邑"（《与富平李天生书》，《魏叔子文集》卷五），尽管是应酬中的客气话，也未必不包含了身分意识。其弟魏礼也说："宁都僻处江西之末，距省会千三百有余里，地介闽、广，而货产不饶。"（《宁都先贤传》，《魏季子文集》卷一五）古人讲究地望，叔子在这一点上，的确无可夸耀，宁可用一种自我贬抑的态度，比如说自己乃"江右鄙夫，县最僻"（《与李翰林书》，《魏叔子文集》卷五），自称"赣州宁都之贱士"（同书卷六《上郭天门老师书》）。魏礼在书札中向别人介绍自己，劈头一句就是："礼，赣南之鄙人也。"（《魏季子文集》卷八《与梁公狄书》）李腾蛟更着意渲染，说"豫章（江西）居江湖之僻，虔（赣州）僻于豫章，梅川（宁都）又僻于虔"。看来没有比宁都更足称"僻壤"的了（《李云田游豫章诗序》，《半庐文稿》卷一）。我怀疑当他们说这些话时，未必真的有那么自卑。三百年后宁都之"僻"像是如故，只有公路可通。

宁都旧城已无遗存，无从想象三百年前的街巷、市廛。但易堂九子在这里，却像是一些家喻户晓的人物。在此后的几天里，我们不断地看到"易堂"的字样，听到人们提起这名目。当地人——由文化人到山间板屋中的老衲——用了方言的对话中，我所能分辨的，只是这个被反复提到的"易堂"。

说"家喻户晓"仍不免夸张。我相信只是在目标明确的"寻访"中，我才不断地发现与"易堂"有关的痕迹，发现地方当局与当地文化人记忆这些人物的有意识的努力——几乎所有与"九子"有关的遗迹，均被作为文物受到了保护。谈论"易堂"的宁都人，毋宁说在寻找述说地方史的方式——通常所认为的"历史"，总要由人物标记的。但无论如何，事实的确是，一进宁都，我们就感觉到了"易堂"的存在；在此后的几天里，随时感觉着它的存在，以至那班人的呼吸像是还留在周遭的空气中。

所谓"易堂九子"，即魏氏兄弟魏际瑞（善伯）、魏禧（凝叔）、魏礼（和公），"三魏"的姐丈邱维屏（邦士），与他们同里的曾灿（青藜）、李腾蛟（咸斋）、彭任（中叔），以及来自南昌的彭士望、林时益（确斋）。魏氏兄弟当明清之际，是名重一时的人物，时人依了顺序分别称伯子、叔子、季子，其中叔子魏禧最为知名。

"九子"外，易堂还应包括他们的若干子弟门人，如魏氏子弟魏世杰（兴士）、魏世傚（昭士）、魏世俨（敬士），以及易堂门人梁份（质人）、吴正名（子政）、任安世（道爱）、任瑞（幼刚）等。

易堂是明清之际以避乱为机缘，有着明显的地缘、亲缘色彩的士人结社。地缘、亲缘，自然与战乱造成的地域分隔有关。彭士望与林时益，邱维屏与魏氏兄弟，本来就是亲戚，林氏的幼子后来又做了彭氏的女婿。此外，如彭士望之子娶魏季子之女，林时益之女适邱维屏之子，彭任之女适李腾蛟之子，魏伯子之女适彭任之子，魏季子之子娶曾灿之女……魏季子在诗中说："我有邱氏甥，嫁为曾子妻。"（《读宋末有黄孝节妇传》，《魏季子文集》卷二）亦亲亦友，关系错综交织。甚至

"九子"的后人间、后人与门人间，也互为婚姻，如叔子的嗣子（系季子之幼子）就娶了叔子门人赖韦之女。

战乱固然鼓励了流徙，使"友道"具有了严重意味，却同时因了地域分割，宗法关系也得以强调。即如易堂，就以准宗族形式强化了群体认同。那种狭小空间中的密集生存，确也有助于亲族关系的推演。在当时，亲密之感，正是他们所需要的。彭士望《翠微峰易堂记》说，当戊、己间易堂最盛时，"节序岁腊，会堂上饮食。春秋祀祖祢，相赞助合馔。平居书名，称友兄弟，如家人礼，子弟亦如之。常易教，不率，与笞，无恒父师"（《彭躬庵文钞》卷五）。以此形容诸子的亲密程度——亲密到如族人、如家人。叔子也说："吾友之母如吾母，吾弟之友如吾友。"（《寄寿岭南何母七十》，《魏叔子诗集》卷五）

尽管如此，易堂仍然不是宗法性质的群体。魏禧、彭士望所乐于强调的，也是诸子志趣之合。彭士望就说过："夫地逼易嫌，望奢多怨，扞不可入而纷不可总者，惟族为然。"（《魏徵君墓表》，《树庐文钞》卷九）

4

易堂故事也如其他故事，有其发端以至尾声；发生于其间的大小事件，波澜迭起，为叙述提供了动力。这故事的"发端"，在易堂人物的叙述中，魏叔子与南昌人彭士望的遇合，最足作为标记。我不知道倘若没有两个人物的一番邂逅，以下的故事还能否演出；可以肯定的是，其精彩性必定要大打折扣。

时在乙酉，甲申北京陷落的次年，地点则在那时宁都的南关。是一个秋日，魏叔子与彭士望，在临河的一处宅第前相遇了。作为易堂的核心人物，这两个人戏剧性的邂逅，在事后的叙述中，犹如小型的创世神话，具有了非同寻常的意义。

三十年后，彭士望还记得，那年六月，他携家眷由南昌避地南下，只身三次到宁都，却为人所骗，正在彷徨，一个少年来到了面前，那少年"顽然清癯，角巾蓝縠衣"，说自己是魏凝叔，"慕君久，幸过一言"。就此"携持入小东园，语不可断"。甚至当自己洗浴时，魏叔子也站在水盆边说个不停。"比夜漏下三十刻，予曰：'定矣，吾决携家就子矣。'……"（《魏叔子五十一序》，《树庐文钞》卷七）这年叔子二十二岁。

这段遇合在两个当事者事后的追述中，有详略及侧重的不同。魏禧说，彭士望前此已经由别人那里得知了叔子，既与叔子"立谈定交"，就决计与林时益携妻子相就。叔子详细记述的，是如下场面：那天早上船到的时候，叔子刚起床，听到消息，即"蓬头垢面襆被走砂碛相见，慷慨谈论"，每谈到佳处，彭氏就摊开两手向同来的林时益说："何如？"（《彭躬庵七十序》，《魏叔子文集》卷一一）两段记述，在时间上前后衔接，构成了一个相对完整的故事。在叙述同一过程时，他们不但截取的片段不同，且相互写照，写自己记忆中的对方，写各自印象最深的细节。叔子上述寿序写在他病逝的前一年，开篇就说："余乙酉年二十二，交躬庵先生，至今三十五年如一日，虽一父之子，无以过也。"三十五年，实在是一段韧长的情谊。

"三魏"中最年少的季子，则补充了一些被省略的方面。据季子说，彭士望先是住在魏氏邻人家，天天从门外过，魏氏兄弟目送其人，以为风度不凡。当彭氏又经过时，即上前搭讪，邀其人到家里"纵谈"。彭氏慨然道："子兄弟真可以托家矣。"于是就急行迎他的家人（其家眷尚在建昌），"数步复返，曰：'将与一好友携俪俱来，何如？'曰：'甚善。'"那好友即林时益。季子也写到当彭氏接家眷的船到了河干，正在洗脸的叔子迎了上去，"裸双袖，水濡濡滴髭髯"（《先叔兄纪略》，《魏季子文集》卷一五）。彭、林从此定居宁都，终老于斯，而关乎他们大半生的决定，不过赖有与素不相识者的一夕之谈！

在这个故事中，魏氏兄弟（尤其叔子）无疑是主动的一方。他们像是等在那里，终于等到了期盼已久的人物。这样两个志士的邂逅，无疑出自乱世的一种安排，事后看来，未尝不值得感激——他们的确对此心存感激。而在易堂，这确实属于那种决定性的时刻。毋宁说易堂就诞生在彭、魏相遇的一刻，尽管这一时刻其他人物尚未全数出场，或虽已到场却隐在他人的身影里（如林时益）。

与这个长他十几岁、交游广阔、有丰富阅历的南昌人的结识，使叔子切实意识到了自己的隘陋，他在为彭氏所写寿序中，说到了这一点，自比醯鸡井蛙，文字间似乎还保留了当年所感受的震撼。叔子说他们兄弟"知世有伟人、度外事"，自结识彭士望、林时益始（《彭躬庵文集序》，《魏叔子文集》卷八）。季子也说彭士望、林时益来宁都，"发我醯鸡覆，骍然观大海"（《戊戌二月林确斋生日诗以赠之》，《魏季子文集》卷二）。彭士望、林时益把一个更大的世界，带进了魏氏兄弟的狭小圈子。乱世中的流离播迁，固然造成了大量的悲剧，却也提供了别种机缘。季子说，"宁都居赣上游，地遐僻，四方士罕至者"（《先叔兄纪略》）。来了彭士望、林时益，确系难得，只能说是缘分，不能不倍加珍惜。

魏叔子、彭士望，属于任一群体都要有的"核心人物"，群体的"灵魂"。在他们遇合之前，自然有其他的结交，甚至比屋而居、情同手足（如魏氏兄弟与曾灿）。但在彭士望、魏氏叔季一再记述的这一幕发生之后，似乎一切都有了变化，为一个群体所需要的"同志之感"，终于发生了。两个同样激情四溢的人物由此相遇，此后又不断地彼此点燃，并试图引燃周围的人，在赣南的一处山中，不倦地营造诗意，甚至感动了方以智、施闰章这样的人物。

无论在叔子还是彭氏，那都属于一生中仅能一次的遇合。直至康熙十九年（庚申）叔子病逝，彭士望还感慨万千地说："叔之人，非常人，吾与叔之交，非常交。"（《与门人梁份书》，《树庐文钞》卷二）由传世的文集看，"九子"中热力四射且互为映照的，确也是彭、魏。情况很可能是，魏叔子、彭士望的内在需求，借诸乱世寻求满足。"危机时刻"的个人意义不妨人各不同。在魏禧、彭士望，惟那一特定时刻才有可能造成如此深切的"相依存"之感，此感因此即成永恒，成为了永久的怀念。

较之魏氏兄弟，彭士望的政治阅历，的确丰富到了不可比拟。他曾师从明末大儒黄道周，曾一度在史可法幕中（陆麟书《彭躬庵先生传》，《树庐文钞》）。彭氏本人致书方以智之子方中履自述平生，说自己早年"倾家急难，借躯报仇"，"任侠为狡狯"，明末颇事结交，"为阁十楹，居四方之客"（同书卷一《与方素北书》）。叔子也说彭氏避地宁都后，还曾应杨廷麟召，"护军西行"（《彭母朱宜人墓志铭》，《魏叔子文集》卷一八）。

较之上述事迹，对于本书所叙述的故事更重要的是，彭士望与魏叔子，都属于那种钟情于朋友的性情中人，较之常人更容易达到忘情无我的境界。他们的"久而不回"的坚韧，由此而得以证明。这或许竟是他们的最大成就——两个人都热心于用世，世道却使他们归于无用；而他们却终于以其坚韧，成就了一段友情。

由彭氏本人的文字看，这是个性烈如火的男子。他曾说自己"褊心躁气"（《豰乌别同学诸子》，《树庐文钞》卷一〇），说自己少年时读书，"至生死盛衰磊轲不平事，辄抵几痛哭，愈疾读，声泪溢溢"，激愤之余，恨不能"剖割"了那厮（《与方素北书》）。

无独有偶，季子当读到有关甲申、乙酉的书，也会

"欲引刀自揸其胸，狂呼累日夜"（《书梁公狄〈甲乙议〉后》，《魏季子文集》卷一一）。即使有长者风的邱维屏，一旦"争辩事理"，也会"高声气涌，面发赤，颔下筋暴起如箸"（《邱维屏传》，《魏叔子文集》卷一七）。甚至门人子弟，性情也有相近者。梁份就自说"生而质直，为世所不容；激而成癖，又不能容物"（《哭确斋先生文》，《怀葛堂集》卷八。按：确斋即林时益）。彭士望也以为易堂诸子的性情过于狂热暴烈，说"吾堂兄弟亦复渐染此病，未能超脱"（《复门人梁质人手简》，《树庐文钞》卷四）。一伙烈性汉子，既然将热血倾倒在一处，也就难免相互引燃、彼此烧灼的吧。

5

抵达宁都时天气燥热，我们忽略了这热气中包藏的危险，当时应当想到，这是一场雨的前兆。得了宁都地方志办公室李先生、县采茶剧团邓先生的引导，午餐后即四处搜寻。河东塘角的邱氏宗祠，据说是 1999 年由族人醵资修复的，出资的包括在台湾的邱氏后裔。宗祠门外刻有"邱邦士家庙"字样的铜牌，证明了邱维屏在其后人心目中的分量。

魏伯子有诗曰："邱子河东宅，长桥到里门。数株松下屋，百亩水中村。"（《杂兴》，《魏伯子文集》卷七）可知其地有松、有水塘。杨龙泉为《丘邦士先生文集》撰序，说邱维屏之庐"卑隘，仅容膝"，邱氏"日歌咏松下，松皆数百年物，磈砢盘郁，若层云覆其上"。

宁都·邱氏宗祠

杨氏曾师从叔子，应得自见闻。邱氏族孙丘尚士康熙五十八年所撰序，则说河东"有老屋数楹，藏书数千卷，纸窗土壁，煤帱尘榻"。《国朝先正事略》中的邱氏传，则不但说该地多古松，"望之苍蔼无际"，且说邱氏"著书其下，称松下先生"（第1039页）——不曾见之于易堂诸子的记述。松大约是有的，"苍蔼无际"则未必；"松下先生"的名目，可能出自后人的杜撰。至于我们所到的村子，已不大见到水塘，更无论古松。邱维屏说其族"背负巽峰而环居，前后绕峰。远近之麓凡百塘，出入沿塘以为途径，无寻丈之余，然意每宽然，视薄海内外万里之区，与鼻息相为呼吸，不自知其隘且迫也"。这胸怀就不平常。邱氏还说那一带的房子都西北向，开门见山，金精十二峰都在望中（《送邹九侯自翠微还归序》，《邱邦士文钞》卷一）。

应我们的要求，赤着脚的邱姓农民，郑重地提来了邱氏后裔集资重修的族谱，十几册，装了一木箱。

"易堂九子"中可称"学人"的，只有邱维屏。叔子对他的这位姐丈很佩服，其《邱维屏传》说邱氏"为人高简率穆"，"晚尤精泰西算，《易》数、历法皆不假师授，冥思力索而得之。桐城方公以智以僧服来易堂，尝与邦士布算，退而谓人曰：'此神人也。'"叔子还在其他处说到，邱氏学识渊博，却"土木形骸，人不识以为村老"，难免会有少年人前倨而后恭。而村夫子似的邱维屏，偏偏没有琐琐小儒式的鄙陋与势利，"直视达官贵人，与田父牧子无异。所居室如斗大，床灶鸡彘

宁都·邱氏宗祠

《邱氏族谱》·邱维屏像

杂陈，衣破敝不能易，然人尝迎致精舍居之，衣以裘
缎，直著不辞，视之与陋室敝衣等"（《任王谷文集
序》，《魏叔子文集》卷八）——寒士而没有"寒乞"
相，并不易得，却又不止凭了"志气"、"骨气"；仅赖
"志气"、"骨气"撑持，有可能褊窄，走了愤世嫉俗的
一路。如邱氏者，凭的更是以"敝衣"与"裘缎"等视
之的那份自信、泰然。

叔子还记有邱氏被其妇支去邻家借米，米没有借，
却"袖手立塘塍上，看往来行人"（《邱维屏传》）。读
书作文之余，这个后来被方以智称赏的学人，或许就这
么寒伧如村老，袖了手立在田塍塘径上，对着往来的行
人冥想的？无论"松下先生"，还是"上下千古，啸歌自
得"（丘尚士序），都不及叔子所记来得亲切。

叔子的《邱维屏传》后附彭士望《书后》，记邱氏
临死前叮嘱儿子道："食有菜饭，着可补衣，无谲戾行，
堪句读师。"彭氏以为"可为世则"——也应当是邱维
屏所认为的遗民处乱世之道。

6

"易堂九子"中，只有曾灿是被人以"贵公子"目
之的。曾灿父曾应遴，甲戌进士，崇祯朝曾任兵部侍
郎，南明隆武朝官兵部右侍郎兼都察院右佥都御史。邱
维屏《曾玄荫碑志》曰："吾县著姓有衙前曾氏，多俊
才。"（《丘邦士先生文集》卷一三）

县城中的司马曾公祠已不复旧观，只有的一角梁、

楠，颜色沉黯，是年代不详的旧物。住在这将被拆除的老房子中的，确系曾姓，或许是曾灿的族人。

叔子自说幼年与曾灿"比户而居"，长大了又同学，易堂诸子中，与曾灿的交情既久且笃（《曾止山诗序》，《魏叔子文集》卷九）。他欣赏曾灿身为贵公子，却"好慷慨缓急人，未尝一以声势加乡里，又能以死任大事"，对于其人的"以风流相尚"，却微有不满（同上）。曾灿自己也说"少长纨绔"（《再上钱牧斋宗伯书》，《六松堂诗文集》卷一一）——即使经了丧乱，仍不免有纨绔余习。更让叔子、彭士望们看不上的，是曾灿那个形象多变、随时能耸动人们视听的胞兄曾畹（庭闻）。

有明一代，名士往往以生平为创作，不惜出奇制胜。曾畹似乎是其时著名的浪子。畹以宁都人而与吴越名士游，"细服缓带"若三吴名士；一旦出入西北塞外，归来时即毛衣革鞳，面色黄黯，须眉苍凉，"俨然边塞外人"（《曾庭闻文集序》，《魏叔子文集》卷八）——改换形象犹如换装一样方便。看来乱世为此种人物准备的舞台，较平世更为宽广，可以任其表演似的。当彭士望写《与曾庭闻书》时，曾畹显然又宣布了新的形象设计，以至彭氏语含讥讽，说其人"截然如再出一世"（《树庐文钞》卷三）。

曾氏兄弟出处有不同，曾畹曾中顺治甲午陕西乡试，曾灿则在后世的遗民录中。曾灿从来不曾如其兄那样风头十足，每有惊人之举，相比之下，作风较为平实，声光也稍嫌黯淡，在他的易堂朋友看来，却仍未脱"贵介公子"习气。对于曾氏兄弟，彭士望、魏氏叔、季似乎都认为应尽规劝的责任。由诸子批评的激烈程度，倒是可以推想这对兄弟的承受力，甚至胸襟的坦荡。曾灿说叔子是自己的"性命肺腑之交"，"奉为畏友者垂四十年"（《与曹秋岳先生书》，《六松堂诗文集》卷一一），直到叔子故去之后，对于那直言仍感激不已。

曾灿"六松草堂"的大致位置，据邓先生的踏勘，距叔子在水庄的学馆不远。邓先生指给我们那标记，是一方水塘和杉树，六棵松已无存留。墓却还在，被列入了宁都县文物保护单位。乾隆六年刊本《宁都县志》卷二《建设·名墓》，易堂人物的坟茔见诸记述的，只有"三魏"之父魏兆凤墓与林时益墓。

曾灿的墓在临着公路的草丛中，不知是否有人祭扫。天色向晚，我们站在草丛中辨认碑文。由碑文看，墓道文字出诸"易堂友兄"彭任之手，奇怪的是，不曾被收录于彭任的文集。

曾灿是死在京师的，归葬故园，不知是否出于他本人的意愿。

邓先生说，他曾亲见出土的彭士望墓碑，此碑已下落不明。新修的邱氏宗祠，荒草中的曾灿墓，与魏氏兄弟、彭士望有关的遗迹则了无存留——诸子身后的遭际竟也有如是之不同。

7

在叔子与彭士望遇合的动人一幕中，彭士望邀了同来的林时益，显然是个次要的角色，即使在事后的追记中，也被认为无须给予更多的笔墨。林时益的意境，确也要在此后易堂故事的演进中，才有机会展开。

"九子"当其时，声名已显晦互异。由诸子的文字看，李腾蛟谙练世故，能周旋人情，或不免有一点乡愿气味。叔子曾劝他"把'忠厚长者'四字绝之如仇"，说如此"学问才有进长"，李氏以之为"药石之言"（《答南昌门人胡心仲》，《半庐文稿》卷一）。但在一个群体中，此种人物自不可少。由邱维屏的文字看，李氏颇能"解纷排难"，以至诸子"恃以无患"（《祭李少贱文》，《丘邦士先生文集》卷一六）。据季子说，李腾蛟徙居三巇峰后，授生徒，弟子"朝夕歌诗，揖让折旋"，李氏本人，更是"雍雍有儒者风"（《宁都先贤传》，《魏季子文集》卷一五）。《半庐文稿》卷二有《持敬箴》、《主静箴》等篇，胡思敬的跋，说李氏"在易堂中检身最密，尝籍冠为诸弟子讲《礼》，同时朋辈皆畏惮之"。李氏自己却说"于性学之篇，未有所窥"（《嘉禾访道序》，《半庐文稿》卷一），并不自居为理学中人。

李腾蛟为彭任画像，说其人"容貌粥粥，若无能于；其言讷讷，如不出诸口。沉潜温恭，天姿近道"；还说彭氏为"访道"，不惜"徒步担簦"，而从道学中人游（同上），都令人想见其人与三魏、彭士望气象的不同。彭任一再说自己"愚"、"拙"、"鲁钝",说自己"质鲁而拙于学,不能诗复不能文"(《草亭文集·草亭存稿自序》)。由文集看,彭氏在九子中确也较"庸"。《易》有所谓"庸言之信"、"庸行之谨",有人正由"布帛菽粟"的一面欣赏彭任那些朴拙的文字(参看王泉之《草亭文集·序》)。

此外由叔子的诗中可知,彭任较他年少,却性情温厚恬淡,有长者风,或许确系儒家之徒,只不过未必如《行略》(见《草亭文集》)所写的那样俨乎其然。看他的那篇《时胡子传》(《彭中叔文钞》),就可以知道其人善诙谐,决不像有一张道学脸。

据叔子说,季子"刚直","性讷,寡言论,然往往面折人"(《季弟五十述》,《魏叔子文集》卷一一)——"三魏"性情有别,"作风"于此却不无相近。叔子又说其弟"性褊,不能容物",这一点与叔子大不同。叔子还说季子"沉毅刚苦,勇于义概,虽水火白刃,不易其一言"(《魏季子文集·序》)。

兄长既负盛名,"弱弟"即不免要生活在其兄的阴影中,尽管季子的性情,毋宁说较他的二哥强悍。由遗留的文字看,季子也像是很安于次要的位置,对其叔兄不胜倾倒。

至于伯子的故事,留待下文中再讲述。

在作了上面的介绍之后,有必要聚焦"九子"中最声名显赫的魏叔子禧。

由季子的《先叔兄纪略》可知,魏氏一族居宁都南关。近代以来城市扩张，城乡的边界渐就模糊，人们已不大有"关厢"的概念。由上文所述魏叔子、彭士望遇合的故事，可知魏氏是傍河而居的，那河就是梅川，诸子在诗文中常用来指称宁都的梅川。魏氏有五子，其二夭，故"三魏"以伯、叔、季行。魏禧，字冰叔，又作"凝叔"。邵长蘅《魏禧传》说魏禧字叔子（《碑传集》卷一三七），不确。明末另有一位姓魏名冲字叔子的，钱谦益《列朝诗集》丁集有传。伯仲叔季，本是兄弟行的排序，而伯子、叔子、季子以魏氏兄弟之名为世所知，无非因了魏禧的名声。

魏氏祖上像是没有高官显宦，曾有先人因捐谷行赈，得到了朝廷旌门、赐冠带的殊荣，于是建了"圣旨门"，"门内建高堂广室，落地者千柱"（《从叔父笃篁翁墓志铭》，《魏叔子文集》卷一八），很是炫耀了一番。据邱维屏说，魏氏"世以赀雄"（《天民传》，《邱邦士文钞》卷二）。也如通常的那样，当我们的故事开始的时候，家道已稍落，因而"三魏"的人生道路，才与寻常富家子有了不同。

季子说他的叔兄"为人形干修颀，目光奕奕射人"（《先叔兄纪略》）。邵长蘅的《魏禧传》则说叔子"修干微髭"。想来此人颀而癯，有点飘飘然的样子。

魏禧不曾"与义"，非理学中人，不以诗名；虽曾授徒，门下绝对没有如刘宗周、黄道周那样强大的弟子阵容。其人在清初的声望既不像是赖有学识（如顾炎武、黄宗羲）、或学识兼才情（如方以智、傅山），也非赖有事功（如其时名臣）。其倾倒一时的魅力，更像是因了热切的救世情怀，因了那真诚，当然也因了使其情怀、真诚得以表达的文字、言论。"三魏"的族祖魏书（石床）批评叔子，说大抵其人其文其行，"皆如水晶射日，又如新剑出冶，光芒刺人而锋锷淬手"（《里言》，《魏叔子日录》卷一，以此而招来"尤怨"，也应以此而令人倾倒折服。

伯子、叔子都曾师事同县的杨文彩（一水）。杨氏是其时名宿，曾灿与其父均出杨氏门下。叔子是杨氏的得意弟子，据邱维屏说，十四岁那年，叔子就敢于校正其师，而杨老先生非但不怪罪，而且以此弟子为"明镜利剑"，说自己理应是叔子的"门人"（《杨先生墓志铭》，《邱邦士文钞》卷二）。叔子自己也说"十四岁受业杨一水先生，时先生年五十三，每命余论定其文"（《孔正叔楷园文集叙》，《魏叔子文集》卷八）。这样的度量，岂是寻常人能有！

这对师弟间关系之亲密，还表现在晚年的杨氏令其子从叔子学，让他的妻妾出见这门生，以至使叔子"得言家事"（《杨一水先生同元配严孺人合葬墓表》，同书卷一八）——这或许是杨氏表达亲密的方式。杨文彩为叔子业师，其子则为叔子门人，就学翠微峰。杨氏八十即逝，以他两个儿子的成人托之于叔子（《门人杨晟三十叙》，同书卷一一）——关系也有此层叠。过分的信任，甚至使叔子不堪承受。他对门人说，他"生平被先生信怕了"（《里言》）。

　　杨氏确也是奇人，他曾被兵逮系，竟然能酣睡在"狞卒"间而鼻息雷动（《复孔正叔书》，《树庐文钞》卷二），其人的胆量可想。

　　下面我们还将看到，叔子不但处师弟，而且处兄弟、朋友，无不风味古老，处处表现出对合乎理想的伦理意境的自觉追求。在叔子，上述关系自然属于构造完美人生的要件。叔子算得上"完美主义者"，在这些人生的大关节目上，他不能容忍任何缺憾。当然叔子的"完美主义"不同于儒家之徒，他不斤斤于德行的醇疵，注重的毋宁说更是人生意境。他孜孜不倦地追求的，是这意境的完整性和诗意。

　　叔子说那时师道衰敝，"父子有秦越，朋友无胶漆"（《乙巳正月雪中送门人熊颐归清江》，《魏叔子诗集》卷四）。季子更有其愤激，说："今之言古道厚道者，锲薄而已矣。所谓'刎颈之交'，见利害则能刎彼友之颈耳。"（《与黎媿曾观察书》，《魏季子文集》卷八）正因了天地间多缺憾，才更令人感到责任重大。叔子和他的友人对于人生意境的刻意营造，未必不也多少出于"整顿伦理秩序"的责任意识。

　　叔子五十一岁那年，彭士望在寿序中，说易堂中人"求文章卓然有用，能自成就，以布衣久隐畏约，抗行天下，惟叔子一人而已"。其时彭氏已六十有五，自以为可以下此断语了。在彭氏看来，叔子无疑是天生的领袖人物，有智谋、能担当，且富于亲和力，"为人一本于忠厚，天真烂漫，人乐亲之"（《魏叔子五十一序》，

《树庐文钞》卷七)。其性情、禀赋，正像是为了应付这乱世而准备的。

彭氏还说其时叔子声名煊赫，"而远近士归之如流水，望之如泰山乔岳，三百年布衣之盛，未尝有也"（同上）。人对于当世人事的判断，往往因距离过近而难以恰如其分。幸而魏氏兄弟还保有几分清醒，对于时人拟"三魏"于"三苏"，就不以为然，认为人各有我，无须"高拟以辱古人"（参看《魏氏三子文集序》，《林确斋文钞》）。至于叔子在易堂历史中所占据的中心位置，固然由于他的个人魅力，我猜想多少也因了他的长于叙述。易堂故事本来也生成于诸子的叙述中，叙事主体又互为客体，彼此状写形容。最长于叙述又最为他人所叙述的叔子，其在群体历史中的醒目地位，是自然而然的。

8

叔子将结交作为了一项事业。由他本人的叙述看，他的结交由近及远，从乡党戚族开始，先有了邱维屏、曾灿、李腾蛟等一班友人。所交的同县朋友中，还有姓谢名廷诏者。叔子曾为谢氏撰传（《谢廷诏传》，《魏叔子文集》卷一七），详细记述了由相识到定交的过程。谢氏本为宁都人士所不齿，叔子、曾灿等人自信其洞察力，置舆论于不顾，甚至当谢氏患病时，为其端"溺器"，而谢氏视之，"晏如也"。

谢廷诏泰然面对叔子、曾灿的为他端"溺器"，也如邱维屏的坦然于精舍裘缎，最能见出性情，也最足证叔子鉴识之精。为他人作传的，也就此将自己的性情面目"传"在了里头。在我看来，这段故事中，可爱的仍然更是谢氏。由叔子的记述可知，叔子对他自己的行为极其自觉，笔墨间还留有掩藏得不那么彻底的优越感；谢氏接受这份情谊的态度，更率性，出之以自然。

《谢廷诏传》所记述的，是一次成功的战国时代四公子式的结交，双方的行为均"古意盎然"。叔子所耽嗜的，或许就是此种"古意"。这篇文字之后邱维屏的评语，说叔子以其知谢氏为"一项得意事"，"通篇写得意处最佳"。魏禧、彭士望本性情中人，随时准备着倾倒一腔热情，而在结交这一题目上，却像是极理性，甚至不厌重复地谈到功利目的，惟恐别人误解似的。在我看来，他们挂在嘴边的"收拾奇士"、"得豪杰而用之"、"薪尽火传"云云，更像是话头，未见得真有他们所声称的那般要紧。我宁将叔子的结交看作一种审美活动，而非如他们自我想象的准政治行为——与政客式的笼络网罗，的确也意境有别。由彭士望、魏禧的文字看，他们的收获，确也在结交之为过程，在知人、由知人中获取审美愉悦，以至摄取营养，完善自己的心性。

无论"收拾奇士"、"造士"一类题目是否夸张，在明末清初之世，如叔子这样能身体力行其主张的，多少令人想到那个吉诃德先生。叔子癖嗜《左传》，他关于友道的理想型范，也像是得之于那个时代——由此也可知对于叔子，《左传》之为思想以及想象的资源。

　　宁都之外，"九子"另有一些亲密的友人，即如著《读史方舆纪要》的顾祖禹。叔子的友人名单上，排在前面的，还有李世熊（元仲），也是其时遗民中的豪杰之士。赣南与闽地相接，二十世纪三十年代，这一带有共产党的闽粤赣根据地。叔子自说"生平未尝一至闽，故交闽人绝少"（《泰宁雷翁七十寿序》，《魏叔子文集》卷一一），这"绝少"中，就有宁化的李世熊。

　　那一时期江右有南丰的"程山六子"、星子的"髻山七子"，被"易堂九子"引为同志。所谓"程山六子"，即谢文洊（约斋）与他的几位门人，甘京（健斋）、封濬（位斋）、黄熙（维缉）等人。至于"髻山七子"，则为宋之盛（未有）、吴一盛（敬跻）、余晫（卓人）、查世球（天球）、查辙（小苏）、夏伟及宋氏门人周祥发。

　　他们的朋友中，还有远在广东的所谓"北田五子"（北田在顺德羊额乡），即陈恭尹及其友人何绛（不偕）、何衡（左王）、梁梿（器圃）、陶璜（苦子）。陈恭尹系著名忠臣陈邦彦之子，清初与屈大均、梁佩兰，被时人称为"岭南三大家"。"五子"中仅陈恭尹到过赣州，其时还不认识易堂诸人。但这并不妨碍陈恭尹们以赣南的易堂诸子为朋友。陈氏《送曾周士还宁都兼柬翠微诸兄》就说："一回相见一情亲，语默周旋并是真。"（《独漉堂全集·诗集》卷三）可以想见清初各地遗民间的联络。士人不以乡邦自限，力图友"国士"、友"天下士"，易堂并不是突出的例子。在那个时代，交游被作为士的造就的条件——无论成人还是成学。因而为求一友，不惜千里命驾。彭士望就曾"扶衰冒艰险，数千里入粤"结交陈恭尹（《独漉堂诗序》，《树庐文钞》卷六）。那年彭氏已六十六岁。至于"×子"之数，则不免于凑。乐于集群，或许可以看做那个正在成为过去的时代的余习。

易堂魏氏叔、季与彭士望，在与人交往中都像是有十足的吸引力，而叔子令人依恋之深，则一再见之于他本人的记述（如《华子三诗叙》、《孔正叔楷园文集序》，分别见《魏叔子文集》卷九、卷八）。据彭士望说，顾祖禹甚至为叔子"执盖"，"追随大道中如昆弟"（《魏叔子五十一序》）。彭氏还曾说到孔鼎（正叔）对于易堂之人，好之几于"耽癖"（《复孔正叔》）。其时因亲近了叔子而嗜易堂有癖的，像是颇有其人。据说屈大均也曾想到翠微峰"相讲习"（《屈翁山文外序》，《魏昭士文集》卷三）。由此的确不难令人想见同一时期士人对于易堂的倾倒、易堂中人的人格感召力。

易堂的当世影响，自然更系在叔子的个人魅力上。那时有"十二圣人"的说法，叔子是十二人之一（阎若璩《潜邱劄记》卷五。阎氏在此条中解释道："谓之圣人，乃唐人以萧统为圣人之'圣'，非周、孔也"）。那个时期被人以"圣人"看待的，更有刘宗周、李颙、颜元等"粹儒"，可据以考察明末清初士人（以至平民）的精神、道德需求。不同于刘宗周、李颙，魏禧对士人的吸引力，似乎不全由道德的完美，也无关乎信仰。人们所欣赏的，或许就是其人的率性而又不有违于社会行为规范，豪迈却不失文人式的优雅。公众的精神需求本是多方面的。这种对于人鉴赏力,也应赖有有明一代艺术氛围的滋养的吧。

9

恰有一批热血男儿,在患难时世相逢,不能不说是一件幸运的事。叔子确也以此为幸运。他曾引了古人的话,说"人生遇合,天实为之"(《同林确斋与桐城三方书》,《魏叔子文集》卷五)。无论在宁都与彭士望、林时益,还是后来在翠微峰与方以智的"遇合",都若有宿缘,却也得之于"天"。

"乱世"提升了五伦中"朋友"一伦的重要性。季子说:"予尝谓《五经》之有《诗》,如五伦之有朋友,君臣、父子、夫妇、兄弟所不能通者,朋友通之;四经之所不能感动者,《诗》则能感之。"(《魏季子文集》卷七《李云田豫章草序》)彭士望则直说他的个人经验,曰"我生不辰,四伦缺陷,赖朋友补之"(《与门人梁份书》)。发生在明清易代之际的危机原是多方面的,其中就有伦理危机。宗法崩解,朋友一伦凸显,正透露了此中消息。易堂诸子对于他们所认为理想的伦理境界的刻意营造,毋宁看作对"危机"的一种回应,且不止于"补苴罅漏",而是积极的人生创造。

"易堂九子"好说友道、交道,于此也所见略同。曾灿说,"人不可一日不读书,尤不可一日无朋友"(《吕御青诗序》,《六松堂诗文集》卷一二)。彭任有《求友说》,季子则有《全交论》;叔子的《书苏文定重臣后》(《魏叔子文集》卷一三),直是一篇"畏友论"。林时益也自说他"逢人欲碎琴"(《广昌喜与程士喆订交报洪开之在韶》,《朱中尉诗集》卷四)。他们既然相信士的造就有待于相互"洗发"、彼此"夹持",五伦中朋友一伦,就不免负担了严重的道德使命。即如叔子,就认为如他这样僻处乡曲者,倘若没有彭士望这样的人物为其开发心胸,有一帮朋友的砥砺、"夹持",最终不过是"乡曲之士"罢了(《与李翰林书》)。

叔子在他的文字间,尤其不掩"结交"这项事业成功的得意,与世间美好事物相遇时的心神愉悦。谈到交友之道,他的议论也别有警策,能道他人所未道。即如说,"凡交友必要交倚恃得者,凡做人必要做能为人倚恃及终身可不倚恃人者";还说曾与季子论兄弟朋友如何才是"至"处,那结论是:"设或一事误我性命,死而不怨;一事救我性命,生亦不感。"(《里言》)凡此,都应当由历练中来。"人事"是一门大学问,古代中国的士人往往研究到极精熟,虽所得不免零碎,其中却不乏人生智慧。

彭士望说,他知道"古人有笃嗜者必有深癖,有深癖者必有至性"(《长洲旧文学顾君生圹志》,《树庐文钞》卷九)。易堂如"三魏"、彭士望、林时益,无疑是有"深癖"、"至性"者,他们之间韧长的友情,正基于此"深癖"、"至性"。叔子就自说他"于天性骨肉中颇不可解",那一腔热血既不能用于君,也就不免用于友(《复六松书》,《魏叔子文集》卷五)。而乡土社会本鼓励男性同性间的情谊，这也是有可能公然表达的情谊。

危机，患难，确也将"友"之一伦对于士人的意义，成倍地放大了。易代不仅提供了紧张感，也提供了对于友情的道义支持。孤危，孤绝，孤即"危"即"绝"。于是守望相助，以沫相濡，这类故事似乎随处可闻。即上面写到的彭、魏的结交，就显然可见易代之际的特殊颜色，在诸子的叙述中，有了平世所不能比拟的严重性。

由后世看过去，那确也像是一个锻造友情的时期。一时的知名之士中，如吴应箕与刘城，熊开元与金声，陆世仪与陈瑚，各有一段可歌可泣的故事。北方如孙奇逢与孙承宗、鹿善继，相互间的激赏渴慕，也正如易堂诸子似的情见乎辞。鹿善继就说过，欲使"当世悠悠者，知风尘之外别有一段古道交情"（《答杨明宇书》，《认真草》卷八）。鹿氏本性情中人，刚肠疾恶，而于生民休戚，耿耿不忘，较之魏叔子、彭士望，少了一点文人习气，而能任事，敢担当，也更豪杰性成。

乱世固然提供了友情得以展开的舞台，剧情却仍赖有人各不同的创造。易堂故事，是诸子的创作，也赖叔子、彭士望们的叙述而展开。叔子既长于自述，又不吝描绘他人，毫不掩饰其自喜自恋与对兄弟对朋友的爱，友于之情洋溢纸上。这也是叔子文字中的柔情之源。他的这类表述，毋宁读做关于友朋、关于群体的诗意想象，对合于理想的伦理意境的想象。在他的笔下，那一班热血男儿彼此倾倒爱慕，全无狎昵的成分，也真的是一份淘洗得极纯净的伦理感情。

因了彭士望、林时益的到来，此后以"易堂"名世的群体的成员已大致聚齐，只待一朝登上翠微峰，开始一段将会使他们怀念不已的生活。

顺治七年（庚寅），宁都城破，易堂诸子因已避居翠微峰，得以保全。据彭任说，城破之时，"城之西北居民户万家，无复数瓦一椽之得留"（《金精募赀修理引》，《草亭文集》）。邱维屏也说，县城之西南，"往者居民近万家，而今荡然无复数瓦之存"（《净土庵募修理赞引》，《丘邦士先生文集》卷一〇）。

宁都·翠微峰(一)

10

第二天有雨，我们仍依照原计划去了宁都县城西的金精十二峰。刚刚在位于山中的度假村安顿下来，就撑了雨伞，由李先生向导，向翠微峰的方向走。北方苦旱，久不闻这样的穿林打叶声了。曾灿有"遥望翠微峰，草先春气绿"(《望翠微峰》，《六松堂诗文集》卷二)的诗句，于是想到了早春时节，山里山外若有若无的草色，迷蒙在春雨中。

魏伯子说过："赣属邑十二，而文物则在宁都。宁都林壑最名胜者，又莫如金精，所谓天下福地三十六者也。"(《重修莲花山古寺序(代)》，《魏伯子文集》卷一)季子则以为这里"岩壑灵奥"，未必不能"与通都名胜相轩轾"，只不过行旅者少，不能为世人所知罢了；这种命运，也正与"僻乡之贤"相仿佛(《宁都先贤传》)。

金精洞，因传说汉末张丽英在此飞升而成名胜。

"自洞迤西北，奇石四十里，拔地倚天"，即所谓"金精十二峰"。当魏氏丙戌山居的时候，·这里的殿宇已"日就倾圮"，此后易堂中人曾屡次参与修复（《重修金精山碑记》，《魏叔子文集》卷一六）。

距金精洞百十丈的翠微峰，乃金精十二峰之第一峰。乾隆六年刊本《宁都县志》卷一《舆地·山川》："翠微山在金精山前，色如丹霞，故又呼'赤面砦'。"峰并不高峻，叔子说"四面削起百十余丈"（《翠微峰记》，《魏叔子文集》卷一六），邱维屏说"赤石三十仞"（《寄寿熊养及尊公见可先生》，《丘邦士先生文集》卷一七）。但诸子状写此峰，说它巉削，陡绝，却是真的。由色赤的这面仰视，这峰的确如叔子所形容，"如孤剑削空，从天而仆"（《翠微峰记》）。

登翠微峰的路在"坼"即山体的缝隙中，那坼也如叔子所说，"自山根至绝顶，若斧劈然"。至于山路之陡，还是林时益"前足接后项"说得切实（《己亥正月十二日蚤同吴子政过岭迟躬庵友兄登翠微峰访魏叔子季子……》，《朱中尉诗集》卷一）。来宁都前读诸子文字，设想过那些人登山，或有可能借助"筍舆"，由人抬了上去，到了其地，才明白必得手足并用，"扪壁"且"猿挂"。我已爬过了据说最难的一段，却因两臂无力，在有金属杆揳入处停了下来。岂料此后的两天雨下个不停，竟没有了再试的机会。但那十几米的攀爬，已让我约略体会了"猿挂"的滋味。动身之前，我其实已经知道，那山我多半只能"望望竟去，不复上"的，倘

翠微峰

勉强攀登，多半会"色勃骨战栗"，以致不能下的吧。据登上了峰顶的同伴说，那里确如当地人所说，一派荒芜，但我仍然以为倘若我能登上，所见所感会有不同。对于未能登顶，我其实也并不那么懊丧；我不知道未亲履其地，是否真的有那么可惜。

石磴中至少应当有部分为当年所凿。由下文将引到的彭士望《翠微峰易堂记》看，九子当时也装设了"楛木"，使攀登者有所"凭翼"，但照明设备，多半是他们梦想未及的吧。想到那些书生，甚至他们的女眷，就由此上下，甚至叔子七十二岁的业师杨文彩，也能"百磴陟翠微"（《寿杨一水先生七十有一》，《魏季子文集》卷二），而邱维屏返回其河东旧居后，"尝自河东一日往还翠微山教授弟子"（叔子《邱维屏传》），不能不有一点汗颜。谁说书生就必定文弱！宁都的李先生告诉我，据说叔子之妇每由此峰上下，总要痛哭一场。他疑惑地问，"九子"隐居，为什么要选择这里？的确，对于那些妇人，这攀爬是太艰难了。

我猜想，魏氏兄弟的选定了此峰，除了彭氏《易堂记》所举理由外，多半还因了好奇的吧。山为小民提供了现成的避难所，也提供了士夫的避世之地——却往往更在象征的意义上。星子的宋之盛曾引友人说庐山语，说那山"如一巨丈夫，人想慕求识其面，有过李邕"（《续庐山纪事序》，《髻山文钞》卷下）。高山仰止，景行行止。士人读山，往往将自己也读入其中，读进了山的性情、风貌中。魏氏兄弟的选择翠微峰，很可能也为了寻求象喻，关于自己的人格、襟抱的象喻，为此不惜忍受诸种不便，支付本可不必付出的代价。

但如已经说过的，这一带山算不得高，也并不如我想象的那样菁深林密，植被茂盛。我们在这一带没有看到古木苍藤、霜皮溜雨、黛色参天，也不曾见悬泉流瀑，甚至绝少听到鸟鸣。那曾经在翠微峰上与诸子争食的"狙公"，自然也早已绝迹，因此少了我设想中的神秘。但山自古，山色自青苍。雨中的凄清，则是肌肤可以直接感知的。我感觉到了山的呼吸。

我知道我所寻访的人物曾在这里生活过，呼吸过这一方空气，踩过这些石阶，曾将话语播散在此处的山风中，播散在苍老而至今依然新鲜的山色树色中。较之遗迹，我所要寻找的，毋宁说更是"气息"，是一些不赖有实物指证的东西。我来到这里或许竟不是为了寻找，而是指望一个尘埋已久的故事，借诸其发生地的潮润空气，在我的笔下苏醒。

11

彭士望《翠微峰易堂记》中说："丙戌冬，闽及赣郡继陷，诸子毕聚，始决隐计。丁亥合坐读史……是冬，诸子言《易》，卜得'离'之'乾'，遂名易堂。"据此，易堂的历史应当自顺治三年（丙戌）、四年（丁亥）算起。由此，诸子在翠微峰顶开始了六年左右的聚居。

当时魏氏对于此山，是拥有"产权"的。一些年后，季子之子魏世俨还说："翠微一片石，虽不得与五岳、五邱相比并，然甲乙之间，邑人以重金营一室基而不可得。"（《送梁质人归南丰序》，《魏敬士文集》卷三）至于"买山"之外，在决定了隐居后，诸子有过何种准备，由他们的文字就不能得其详了。

丙戌正是多事之秋，南明隆武、绍武朝于此年相继覆灭，丁魁楚、瞿式耜等立桂王于肇庆府，以第二年为永历元年。丙戌这年，为易堂诸子所仰慕的方以智，还在南粤漂泊；顾炎武因母丧未葬，欲往闽中赴唐王职方（兵部职方司主事）之召，不果行（《顾亭林先生年谱》）。王夫之于是年上书章旷，"指画兵食"，而在诸子居翠微峰期间，曾举兵衡山，并一度任职永历朝。这一年黄宗羲的经历尤其复杂：曾在鲁王"行朝"，兵溃后一度入四明山结寨；山寨被焚，奉母避居化安山，当易堂诸子在翠微峰上读《易》，黄氏则在另一处山中，"双瀑当窗，夜半猿啼枭啸，布算籁籁"（《叙陈言扬句股述》，《黄宗羲全集》第10册第36页），从事有关历、算的著述。

彭士望的《翠微峰易堂记》与叔子的《翠微峰记》，都详细指点了登山路线，犹如一篇旅游指南。《翠微峰易堂记》开篇写金精一带形势，翠微峰的险峻，以下即登山路径：

"峰东首圻微径，仅可容一人，初入益暗，稍登丈余，抵内壁，一孔偻出暗桥下，孔可三尺许。出孔，径益隘，更扪壁侧行，旋折登数十步，渐宽。崩石欹互，如游釜底。再上及阁道，孔出如暗桥，忽开朗轩豁。石穹覆，东向纳朝日，曰'乌谷'，可容百十人庇风雨。乌谷上栈道梯磴杂出，径视初入益隘。顶踵接，更千步，壁尽，旷朗，磴道益宽。人翔步空际……"

我的同伴登山所经，想必已没有如是之复杂曲折。

据彭氏说，翠微峰"脊坼三干（按即峰顶向三个方向伸展），环周二里许，下视城郭，溪阜陵谷，村圃畎浍，人物草树屋宇，圜匝数百里，远近示掌上"。易堂的位置在中干，"堂广二丈，深二之一有半，北向"，"堂前门外隙地，旧有泉涌出，亦甘冽……"以下写此堂周围的房舍屋宇，于是你知道了，除了"澄碧甘冽寒洁"的泉水之外，这里还有高柳，"垂条拂地"，"濯濯可爱"，有藤萝，有叔子所钟爱的桃花。

写作上述文字的彭士望，已在垂暮之年，"俯仰陈迹"，不胜"今昔聚散存亡兴废之感"。他借诸书写，回味与怀念，用文字爱抚这个他曾与友人聚居过的地方，爱抚那一段往事，记述之细密足证爱之深切。他导引你由宁都出发，循山路进入易堂，指给你看那些林木泉池，鼓励你想象在这些庐舍间流经的岁月，而他本人则先自感动，低回不已。你于是知道了，即使为了避乱的聚居，也不能阻挡文人营造诗意的努力，或许倒是鼓励了此种努力。

季子说此峰"里之人罕登者，登人亦罕真知之"（《邹幼圃来翠微峰记》，《魏季子文集》卷一二）。叔子也说"相传自上古来，无或登而居者"（《翠微峰记》）。也因此那峰顶才像世外。邱维屏就说过，由翠微峰向东看，距他河东故居仅二十里，却像是"有尘海之隔"（《送邹九侯自翠微还归序》）。诸子居住的当时，翠微峰还"灌木郁勃阴森，见者疑有虎豹"（《翠微峰记》）。叔子说他曾于石磴上失足，险些丧命，竟以为"是日以往，皆余年也"（《述梦》，《魏叔子文集》卷二二）。一些年后，叔子出山而作江淮之游，还向别人夸耀翠微峰，用了挑剔的眼光看所见的山，以为"无足当意"（同书卷九《游京口南山诗引》）。

彭士望写翠微峰，目标在为易堂作传，因而力图全景呈现，巨细不遗，务期将那段生活固定在纸上，使之不致湮灭。叔子的文字，较彭氏差胜，记述也较为简明，但他的写《翠微峰记》，兴趣是更个人的，关心更在他本人的生活环境，尤其他的得意之作"勺庭"。他说，勺庭是一处草堂，因池而得名，那池中满是莲花，环屋则是桃树，"予独居之"。一些年后，当倦游的季子修筑了他的"吾庐"，叔子也为"吾庐"作"记"，极言其胜，说在这一带建筑中，"吾庐"所处地势最高，季子在经营上很用心思，除"高下其径"外，还遍植花木，甚至"架曲直之木为槛，垩以蜃灰，光耀林木"（同书卷一六《吾庐记》），以至人们老远就能看到。叔子自称"勺庭氏"，称季子"吾庐子"，都见出对那庐舍的钟爱。季子也颇自得于"吾庐"这一作品，自说"山顶结庐，俯视千峰，烟云来去，日月空朗，时或积雪照床，春花接席"，又每有兄弟朋友"对景谈谶"（《与刘长馨》，《魏季子文集》卷九），乐何如之。

对高度的追求，与对于超拔的人生境界的追求一致——意气豪迈的季子，宜乎有此。

12

每当世乱，普通人的诸种对策中，会有"避地"这一选择。而在现代武器被用于战争之前，避入山中，通常被作为首选。诸子登翠微峰的次年（丁亥），王夫之曾随其父隐居南岳衡山，只不过时间较为短暂而已。广东的陈恭尹也曾与二三好友入山，有"终焉之计"。顾炎武说卜居华下，那思路中有"一旦有警，入山守险"（《与三侄书》，《顾亭林诗文集》第 87 页），也关涉着对于山川形势的利用。当然，避地未必非避于山。陈瑚就避于水（昆山的蔚村），也取其处隐蔽，便于藏身。

前于"易堂九子"的登翠微峰，崇祯十一年（戊寅），孙奇逢曾与戚、友有避地之举，"诸友相依而至者数百家"，规模远非易堂所能比拟。其时孙奇逢已年届五十五岁，号称"大儒"，是北方士人中的领袖人物。孙氏避入的，是五峰山的双峰。但孙氏和他的族人徒众次年春天就离去，尽管崇祯十五年十月闻警再度入双峰，甚至第二年三月有守御之事，事平仍然各自归里，较之易堂，属于临时性的集结。孙氏甲申那年春也曾携家入双峰，只是为时更短暂。据《孙夏峰先生年谱》，孙氏"结茅双峰"期间，曾"与同人修武备，兴文学，干戈扰攘之时，有礼乐弦诵之风"。

这种在后人看来略具戏剧性的"避地"，在当事者，未必不是在有意地搬演故事。茅元仪（止生）的《扫盟馀话序》，就将孙奇逢的率众入五峰山，与三国时期田畴（子泰）因董卓之乱，"率宗族乡党入徐无山中扫地而盟"相比（《孙夏峰先生年谱》）。只是孙奇逢等人的避地较之于田畴，规模又有不如。无论追随孙奇逢的，还是追随魏氏兄弟的，主要是"衣冠礼乐之士"，双峰、翠微峰均为士大夫的集结，虽有亲族追随，却与其他草民无干。

关于金精山，顾祖禹的《读史方舆纪要》中说，其"黄竹、赤面（按即翠微峰）、三岘、冠石诸砦，自昔避兵处也"（卷八八第582页）。

避地自保，选择自然在易守难攻。彭士望《易堂记》说，此峰最利在守："一弱女子可抗千劲卒。"他还说到"山远望驯伏，近巉峭，浑成一石，隐不见屋，乍至非望见扶阑，疑无居人"——是如此隐蔽的所在。诸子的防守是认真的，据彭氏所记，他们的确曾在隘口处设栅、甃石、施楗，在阁道上下"积刍茭米谷"，以至设置石砲等，"严启闭，隐若敌国"。我猜想这种准军事化的气氛，会使习惯了优游的士夫感到兴奋。至于拟想中的威胁，主要应当来自"乱民"。诸子存留的文字中，关于清兵绝少涉及。曾灿《感乱》一首，有"群凶夜走湖东道，胡骑长驱梅水城"（《六松堂诗文集》卷六）句，多少像是例外。

此种避地的聚居，较之平世的文人社团，自然有其组织的严密性。上述防守设施就包含了有关敌／我、生／死的意义严重的提示。此外翠微峰顶另有禁约，比如"毋别售、毋引他族逼处"、"佩刀者毋得入"、"毋宵归，非山居人毋听上"、"夜呼，虽父子必待晓，辨察然后入"等等，不难令人察觉生存于乱世的紧张。诸子间的亲密之感，多少也赖有这一种紧张的吧。人与人之间的依存，就这样被极度地强调了。事后的回忆中，他们确也会怀念那种紧张，那种被如此具体地提示着的命运与共之感。

季子说，翠微山砦对于邑人有示范作用，"邑人仿效之，得免寇攘之难"（《先叔兄纪略》）。据近人所修《翠微峰志》，这一带山，直到近世，仍然被宁都人作为逃避战乱的所在。二十世纪四十年代末，曾有国民党残部在这里凭险顽抗，仗打得很激烈。五十年代有一部影片《翠岗红旗》，取材于这次战役，"翠岗"即翠微峰。只是易堂未曾动用的军事设施，到此时肯定已荡然无存。

走在山中，我们看到了形制互异的寨门。除了夹在山间的大小田块和农人踩出的小路，残存的寨门寨墙（甚至还有修筑于近代的地堡），是金精山中最易于辨识的人迹。却又正是这些人迹，使得历史的印痕模糊不清，三百多年前与半个多世纪前的影像，交错叠印在了一起。

魏禧、彭士望均不乏"先几之识"。南昌之屠，彭士望、林时益已先期南下；宁都之屠，诸子已在翠微峰顶。一些年后，叔子向方以智的三个儿子传授保全之道，说的就是上面的事："昔者甲申之变，禧与父兄谋破产二千余石，营金精斗绝而居之，后七年宁都城破，家得全。益（按即林时益）于乙酉兵未入境，遽同彭躬庵挈家南走，从侨居焉，婚友见者，无不背面相笑，后五年江城屠且尽。"（《同林确斋与桐城三方书》）这群书生何尝缺乏生存智慧，他们是太善于保护自己了。

13

倘若仅据《易堂记》有关"军事设施"的记述，想象诸子随时处于防御状态，离事实也未免太远。由他们（尤其叔子）的文字看，聚居翠微峰的日子，这班朋友毋宁说是相当闲适的。从山上看下去，的确令人会有置身世外、置身局外的错觉，如季子所说"水流花开，与世相隔"（《答曾庭闻》，《魏季子文集》卷二）。

对于叔子，翠微峰的清晨是美好的。当着"天宇初开，万物东作"，由翠微峰顶起身，他感到的是"殷殷隆隆，山色郁然而虚静无一物"（《许士重诗序》，《魏叔子文集》卷九）。

山中之夜，天幕高远而澄澈，枝缝叶隙间，有灿烂的星斗。当此时，会有笛声，由山峦间悠然而起（《翠微夜闻笛》，《魏季子文集》卷四）。倘是月明之夜，中宵梦醒，会见月色满壁，如卧冰壶（《翠微中睡醒同伴坐月》、《五月十四夜睡起坐月》，《魏伯子文集》卷七）。无锡邹氏访翠微峰，"薄暮坐勺庭中，风起，云四尽，月出如白日，池水光可见须眉，邹子大叫'奇绝'"（叔子《邹幼圃来翠微峰记》）。

一个这样的夜晚，季子备了醇醪佳酿，邀朋友在"吾庐"赏月。其时月华浮荡如水，浓雾悄然涌起，远近的山峦如岛屿浮出海上。被奇境所醉倒，在场的人一时静默无语。彭士望"负杖独来，倏然若游鱼出于水际"，叔子问彭氏"乐乎"？彭漫然答道："子非鱼，安知鱼之乐？"众人大笑（《吾庐饮酒记》，《魏叔子文集》卷一六）。如此良夜，的确令人心醉。

山居多暇，可以从容地观赏山色的晦明变幻，细细地玩赏春天的花，秋日的静。

叔子曾不无得意地说："方春桃花开，四面花灼灼"（《勺庭示诸生杂得十二首》，《魏叔子诗集》卷四）；还写道："勺庭桃李花，烂漫照水隅。"（同卷《赠门人卢永言二十初度》）由诸子的诗文可知，其地还有桂、梧桐、腊梅、椿树、楸树、竹、荼蘼、月刺之属，"桂尤盛，四时花不绝"（《易堂记》）。你不妨想象那些庐舍氤氲在花香之中。黄昏或者月夜，当诸子高谈阔论之时，周遭或许就有暗香浮动。

季子在诗中说："石上芙蓉开，秋日静如水。"（《卢孝则移家城中来吾庐示留别诗聊答赠》，《魏季子文集》卷二）他还有"山日清如泉"的诗句（同卷《山中秋思寄怀阴生寅宾》）。非处此境，即不能体验如此清澈的宁静。当此时若有屐声传来，那可能是良朋来访。入夜，你可以听到静中的汲水声，舂米声。月落时分，则有山寺的钟声"迢递到枕席"（同上《随成》）。倘若你于此时起身，会听到空阶上竹露滴落，宿莽中秋虫

金精十二峰·山岩

吟唱。

　　山中景色，即使严冬也有其胜。叔子记他在翠微峰看木冰（又称"树介"、"木稼介"，即草树裹冰如甲胄），说所见冰凌"裂竹折树"，光怪陆离，与彭士望、季子"蹑屐游目"，几"不知有身"（《凌记跋》，《魏叔子文集》卷一二）。季子也说"木介"虽说不上是什么"佳事"，"然坐冰壶中，脏腹皆虚照也，则甚乐"（《答曾止山》，《魏季子文集》卷九）。

　　如若一个严寒的夜晚，更深人静时有叩门声，那或许是某子读书到兴奋处，邀同伴共享一份激动。彭士望就曾记叔子在山中读曾灿带回的姜宸英《真意堂稿》，"雪夜异寒，读之狂喜，呼和公，扣弟扉，共赏击节，亟命儿子钞诵之"（《复邹讦士书》，《树庐文钞》卷四）。事后叔子也自笑"黑夜上下数百磴，惊山中鸡犬"（《与彭躬庵》，《魏叔子文集》卷七）。姜氏的文集我也读过，实在想不出激动了叔子的是什么。

　　这一时期山外的世界，波诡云谲，却无妨诸子有这样的好兴致，与王夫之《永历实录》所写，不像在同一世界。但诸子并非即在世外。林时益的诗中，就写到了山下兵丁野营的篝火，星星点点彻夜不熄。叔子也曾在秋山的风雨之夜，百感交集，辗转反侧而不能成眠（《不寐》，《魏叔子诗集》卷六）。

　　明代在文学史上，小说独揽其胜，诗、古文似无足观，明代士人却以人生为诗，追求诗意地生存。即如魏氏兄弟虽不长于诗，却无妨其有诗人的气质情怀，甚至将危机时刻的生活也当诗作了。

经了三百多年的风雨，翠微峰顶的庭园花木，像被风化在了岁月中。我的同伴在那里见到了丛林中的水池，未知是否易堂旧物。山间的清风明月依旧，你却什么也不能确证。你在刹那间会疑惑，是否真的有那些人在这里生活过，将他们的故事演绎得曲折有致。他们的行踪被岁月抹去，几乎没有留下任何痕迹。

几年前我曾与一群年轻的伙伴，在豫南的山中夜宿，见到了久违的繁星。那是一个无风的月明之夜。夜半如厕，看到附近山上的树，树冠在月光下怒张着，凝然不动，竟恐怖起来。我曾写过一篇短文，《读山》，友人说读了那文字不禁失笑，说我全不懂山。我的确是大平原上人。

由诸子的文字看，山居的诗意并不属于住在此山的每一个人，也不属于所有时辰。林时益就曾经写到，他在山中种了一点菜，无奈却为贫困的邻人所摘（《谷中九九诗》，《朱中尉诗集》卷一）。

山居苦雨而又苦旱，翠微峰上一再有泉涸之忧。用李腾蛟的话说，即"山泉渴已甚"（《过水庄访魏冰叔》，《半庐文稿》卷三）。由彭士望《易堂记》所列禁约，易堂对于用水的严格管理，也可以想见水资源问题的极端严重性。甚至有不得不由山下汲水的时候——那当然要赖僮仆的劳作，其辛苦可知。翠微峰上的小社会组织之严密，与其说出于守御的需要，不如说更出于资源——首先即水，此外尚有薪等——分配的需要。诸子终于散居，也应与用水的紧张有关。季子就说过"山居泉涸思迁徙"（《喜雨示俨侃生日》，《魏季子文集》卷三）。

水荒之外，也曾为积潦所困。盛夏淫雨，大水漂物，彭士望在《易堂记》中写到过。伯子、季子都一再写为淫雨所苦，如"苦雨连旬，云生窗户，岩溜噪耳欲聋"（伯子《与李咸斋》）；如"危峰苦雨，孟夏如秋"（季子《答曾庭闻》）。

淫雨之外，还有令人咫尺莫辨的大雾。"天将雨，云雾从山脚起，顷刻如大海"（《虚受斋记》，《魏敬士文集》卷四）。更有大风。"严冬黑雨漫山谷，大风怒起夜发屋"（《大风（庚子孟冬作）》，《魏叔子诗集》卷五），这风甚至会狂吹三日三夜。于是峰上弥漫着叔子也难以忍受的砭骨的寒意。

即使夏日，黄昏时分也会有寒气来袭。季子就有"山中当孟夏，日落竟如秋"句（《日落》，《魏季子文集》卷四）。至于隆冬的寒气，几乎是不可抵御的，更何况冬夜。叔子有诗《拥被》，曰："寥寥冬夜寒，不敢解衣宿。拥被覆头面，手足犹拳曲"（《魏叔子诗集》卷三）。林时益也曾在诗中描述自己用草来堵塞板屋的罅隙（《谷中九九诗》）。这样的夜晚，自然绝无诗意可言。当着"终风"在山谷间呼啸，那冰轮无论如何皎洁，我想都不会引起观赏的兴致。

上述种种不便之外，僻处赣南山中，不可能没有信息传输的滞缓。二月发自杭州的来书，九月才到山中，季子不禁慨叹着"甚矣，僻乡之孤陋也"（《答顾右臣书》，《魏季子文集》卷八）。常在旅中的曾灿，也为邮传的不便所苦，其《秋日得长兄壬辰腊月诗》曾云："惊传万里札，又是隔年书。"（《六松堂诗文集》卷二）叔子也说过"通问甚难。三年之缄，必山中人来始达"（《答陈元孝》，《魏叔子文集》卷七）。

叔子的诗作中能找到日常生活的片段，比如写冬日早晨天气晴和，他整冠立于前庭看日升，"家人呼我食，双箸进薯羹"（《枭鸣》，《魏叔子诗集》卷四）。你至少知道了他在这个早晨吃的是什么。更为琐碎具体的生活记述，却是由林时益提供的。林氏未见得长于诗，却能用朴拙的字句，絮絮如话家常地将诸子寻常的生活情境呈现纸上。

这天晚上，我们宿在翠微峰下的度假村，有一夜雨声。因了这雨，自然不能如期待的那样，看山中明月或繁密的星斗，听如织的虫鸣与溪涧的叮咚。倘是月夜，周围的山岩当兀然黝然，山壁满涂了月华，朦胧窈杳有如奇境的吧。这山间之夜过于静谧，如在世外，令我不安。我太熟悉都市的十丈红尘了，那经验不能不侵入这过分单纯的梦境。即使在这山麓的静夜，听籁籁雨声，耳鼓中也隐隐有市声。已是公历四月，夜间仍寒气袭人，真想不出"九子"要有怎样的兴致，才能欣赏"木介"之类的奇观？

14

由彭士望的《易堂记》，我知道了易堂确有"堂"，而不只是一个名目。诸子所居即在此堂附近，是一带错落有致的建筑群，与周围的冈峦林木和谐一体。《易堂记》还说，"同堂惟彭中叔（按即彭任）居三巘，每期必赴"。除彭任外，其他八子当时都住在易堂附近。

关于易堂的初创，叔子《翠微峰记》讲述得相当简明："岁甲申国变，予采山而隐，闻邑人彭氏因圻凿磴、架阁道，于山之中干辟平地作屋，其后诸子讲《易》，盖所谓'易堂'者也。予同伯兄、季弟大资其修凿费，丙戌春，奉父母居之，因渐致远近之贤者，先后附焉。"他另在《与桐城三方书》中，说为买山曾"破产二千余石"。彭士望所记稍为具体，由其《易堂记》可知，当初魏氏父子是"合知戚累千金"，才向彭宦买下此山的。由此也可以知道那时的避地，非有相当的赀产则不能办。城居固然不易，山居又何尝容易！

诸子聚居翠微峰似乎并非同时。丙戌那年，彭士望、曾灿还直接、间接地参与了赣州的抵抗。据陆麟书《彭躬庵先生传》，彭氏挈家到宁都后，曾应杨廷麟召，协助处理军政事务。曾灿则于赣州陷落后一度为僧，游闽、浙、两广间，戊子始到易堂（参看叔子《哭吴秉季文》）。曾灿自己也说他"丙戌、丁亥之间，几不免有杀身之祸，出亡在外，累及数年"（《答王山长》，《六松堂诗文集》卷一四），加盟易堂的时间自然迟于其余诸子。而"九子"之为足数，也只是在不长的一段时间里。由叔子的《季弟五十述》看，伯子丁亥就已经出而应世，这之前居翠微峰不过一年左右。以伯子为"九子"之一，大约因了其发起人的身份，事实上，对于翠微峰上的活动，伯子不像是有太多参与。

由《易堂记》看，诸子在山上的聚会，采用了其时"社会"的流行形式。有时如儒家之徒，聚坐讲学，揖让雍容，甚至"设钟磬，歌诗，群习静坐"；另一时又如文人的社集，诗酒唱和，流连花前月下。尽管僻处赣南，无缘亲历明末的"党社运动"，却也未在风气之外。尽管以《易》名堂，与同一时期出现于东南的讲经会，却绝少相似之处，没有多少"学问"色彩；仿效理学之士通常所用形式，却又不免于内容的混杂，熔经学研讨、诗文批评以及基层社会以教化为目的的宣讲（内容为《六谕》等）于一炉。

关于易堂始基、诸子讲会，以及其后的"山变"，林时益的叙事诗记述独详，可与彭氏《易堂记》互为印证。其中也写到"朔望讲《六谕》，《内则》咸下帷。声歌节进止，此际咸雍熙"（《己亥二月十五日同彭躬庵陪黄介五陟岘峰……》，《朱中尉诗集》卷一）。而无论讲什么，遗民趣味，却是无疑的。林诗就有"看《鉴》疑正统，读《易》伤明夷"云云。或许在诸子，讲什么本不重要，重要的是一班志同道合者聚居一处，朝夕讲论，这本身就是令人兴奋的经历，非平世寻常交游所能比拟。

　　我猜想，明中叶以降士人所热中的"会讲"，也以有关经验的非常性质，而对参与者构成了吸引。如王畿（龙溪）主持的新安福田之会，"昼则大会于堂，夜则联铺会宿阁上"（《新安福田山房六邑会籍》，《王龙溪文集》卷二）。空间距离的密迩，无疑有助于加深同志之感、彼此呼吸相通之感。在易堂诸子为生计所迫而分散居住之后，翠微峰的岁月成为一段美好的记忆，也应因了那情境的难以重现的吧。

　　尽管魏氏兄弟、曾灿之流兴趣更在词章，易堂确也曾读《易》。在当时，读《易》，即读乱世，读患难，读患难中人的命运。王弘撰清初隐居华山，就曾筑"读《易》庐"。星子宋之盛也自说"读《易》髻山"（《江人事序》，《髻山文钞》卷下）。孙奇逢本人的《日谱》，记有孙氏己丑谋南迁，曾在苏门（辉县）与三无老人读《易》于闻啸楼——那应当已是易堂诸子翠微峰读《易》意兴阑珊的时候。

　　叔子在诗中说："日月东西驰，静对如读《易》。"（《口占步友人欢白发韵为寿》，《魏叔子诗集》卷四）他的《论屯卦》一篇自记："戊子、己丑之间，同诸子于翠微讲《易》，人日一卦……"（《魏叔子文集》卷二二）这几乎是可供想象诸子读《易》情境的仅有记述。尽管据季子说，李腾蛟著有《周易剩言》，藏于家，易堂人物中，"邃于《易》"的，或许只有邱维屏一人。

　　易堂中人更热中的，还是与文字（诗文、尤其是"古文"）有关的切磋、讨论，于此所承，也仍然是晚明会社遗风。李腾蛟曾说诸子"相值论诗文，彼此欢呼，有至鸡鸣漏尽，惊动客寝，犹未已者"（《书魏裕斋诗后》，《半庐文稿》卷二）。刊刻行世的三魏等人文集，几乎每文均附了评论，且多出自同人，我所读过的那一时期的文集中，殊不多见。评语多属褒扬，言之往往不免于过，据此可以想象诸子间的相互激赏。这类评论，固然再现了磋商、讨论的氛围，却也提示了作者"作文章"、评论者以之为"文章"的态度。事实上，魏禧、彭士望贡献于当世的，的确也是文章而非事功。

15

那个时候，当着士人决定避地以至避世时，作为摹写的蓝本的，除了上面提到过的田畴的故事，更有陶渊明的桃源故事。

金精山一带有泉名"桃源"，彭任的《桃源记》，记的就是此泉。叔子很乐意让人们相信，诸子在翠微峰成功地复制了"桃源"。他的《桃花源图跋》说："桐城方密之先生世乱后尝僧服访予翠微山。山四面峭立，中开一坼，坼有洞如瓮口，伸头而登，凡百十余丈，及其顶，则树竹十万株，蔬圃、亭舍、鸡犬、池阁如村落，山中人多著野服草鞋相迎问，先生笑谓予曰：'即此何减桃花源也。'"（《魏叔子文集》卷一二）他甚至没有忘记提示那个瓮口般的出口，无疑能令人联想到《桃花源记》中的"山有小口，仿佛若有光……初极狭，才通人。复行数十步，豁然开朗"云云；而"野服草鞋"，也应当是桃花源中人的装束。彭士望、魏禧毫不掩饰他们对于自己的这项创作的得意。

但田畴的故事只能演出在那个割据纷争的时代，凭借了政权的非统一性。至于桃源故事，本是寓言，到了本书所写这一时期，更没有了复制的可能。不惟易堂诸子，其他明遗民搬演这一故事，都不能不作因时因地的修改。一个毋庸讳言的事实是，翠微峰上人是要纳官税的，叔子本人就曾在《苟全居铭为彭立斋作》一诗的序中提到。季子诗中也提到了"官租"（《九日黎生于郑在山中同彭彦修及三儿俱有咏》，《魏季子文集》卷五）。此外可以相信的是，魏氏在宁都，得到了地方当局的关照（参看季子《与丁观察书》，同书卷八）。三魏甚至自觉地借诸政治权力作为安全屏障。下面将要说到的伯子的出而应世，也正出于此种考虑，对此，魏氏兄弟说得很坦然。他们原是热心用世的人，哪里会真的以"世外"自欺！"桃源"云云，不过作诗，本不必当真。

兵戈犹在眼，也不容诸子忘世。由叔子的《拥被》一诗看，至少在诸子山居之初，四野乱兵，百里营火，翠微峰正如孤岛，随时在威胁中。你的确也会想到，这些人避乱，何以不避入深山更深处，而要如此地逼近杀戮之地。下面将要讲到的"山变"，也证明了其地并不安全，随时可能遭遇来自山下的骚扰——至少在大乱未平的一段时间里。由此看来，最初的选择翠微峰，动机确也值得玩味。看来只能说，诸子虽避地而并不避世，其中的魏氏兄弟甚至无意远于乱世。

　　"易堂"虽则"九子"，随同避地的却另有其人。叔子曾写到邱氏族人邱而康，居"如斗之室，床灶横陈，敝席为门，风雨直入。兄因妹长，寄卧城头；翁避媳炊，立餐檐下"，易堂中人曾发起募捐，以图为邱氏"再营半室"（《为邱而康冠石造屋启》，《魏叔子文集》卷二○）——"桃源"中人，竟"赤贫"至此。彭士望说翠微山居"最不利"者有三，其三即"最不利贫，无人力赀财馈运，难一日居"（《易堂记》）。诸子山居，所食所用均赖山外运来，"诸佣保杂仆，日运薪荷担自城至"；待僮仆搬运的，"米谷"外尚有"竹木诸器用"，与桃源中人的自耕自食何其不同。这样的桃源，确也非邱而康这等人所宜于居住。

　　仅仅摘取了诸子的片段文字，翠微峰上的"桃源中人"的确像是"黄发垂髫，并怡然自乐"。彭士望就曾写道："每佳辰月夕、初雪雨晴，辄载酒哦诗，间歌古今人诗，辞旨清壮，慷慨泣浪浪下。或列坐泉栈，眺远山，新汲吹龠煮茗，谷风回薄，井水微漪。遇飞英坠叶缤纷浮水际，时一叫绝，几不知石外今是何世。"（《易堂记》）只要想到诸子多在贫窭中，就会觉得他们的上述行为，更像是在模仿时式。由年谱看，孙奇逢及其徒也曾于"筑险肄战之暇，神闲气整，倡和为诗歌"（《扫盟馀话序》），在我看来，不过文人故态而已。当然也证明了这些避乱者的生活确有余裕。

　　纵然如此，也仍不妨认为，孙奇逢与易堂诸子创作了其时成功的"避地"故事，只不过经了上述改写，蜕变成了与田畴故事、桃源故事不同的故事而已。正是那些处的改写，使得易堂九子式的"避地"成为可能。你由此又察知了魏氏兄弟性情中的"现实主义"；这品性即使在最诗意的创作中，也呈现了出来。不妨认为，易堂为遗民与现（清）政权的复杂关系，提供了一个标本。

李腾蛟有一方石印，印文为"方寸桃源"，说"凡世之治乱，生于人心"（《桃源说》，《半庐文稿》卷一）。叔子也说"善避乱者，不于桃源，在方寸之地"（《太平县王君暨继室张孺人墓志铭》，《魏叔子文集》卷一八）。这样看来，"桃源"更是一种心理状态。

当明清之际，遗民所能保有的，也只是"方寸桃源"的吧。

16

翠微峰也的确不是安全岛。据邱维屏说，顺治七年（庚寅）那年正月，即易堂诸人隐居翠微三四年之后，还有县里的"乱民"挟刃来索取财物（《天民传》）。孙奇逢及其徒众在双峰有过"守御"，甚至"鏖战"（参看《孙夏峰先生年谱》）。翠微峰则于顺治九年（壬辰），发生了所谓的"山变"（亦作"山难"）。

"山变"系由旧时"山主"彭宦发难。据近人所修《翠微峰志》，"翠微峰原系彭姓族山。顺治二年（1645）冬，宦将山卖给魏兆凤（魏禧父）家居"（第142页）。关于大清官兵剿灭"山贼"，彭士望、魏叔子均语焉不详。"山变"后魏氏兄弟对于此山权利的恢复，即应借助了当局的军事干预。值得注意的是，季子曾一再说到田畴借魏兵除"田贼"的故事，或许有助于推想魏氏兄弟处置类似事件时可能的态度。

易代之际对于缙绅的直接威胁，通常就来之于当地的"乱民"，而我们却只能透过缙绅的记述，经由他们的感受，来看其时在动荡中的、参与了动荡的"民"。那一时期士大夫在清兵、"义军"、"乱民"间处境之复杂，仅凭了忠义遗民传状，是不可能确知的。"乱民"，换一个角度，即"义民"，以至后世史家那里的"起义农民"。《翠微峰志》就称此"山变"为"农民起义军攻占翠微峰之役"（第5页）。

"山变"发生时，诸子不免蒙受了财产损失，并被迫避去。魏氏一度客居雩都（今于都）。至于"山变"后的易堂状况，诸子的说法却颇有出入。叔子说，"明年，伯子归自广，卒复之，诸子之散处者咸集"（《翠微峰记》）；季子却说"自故山变后，饥驱离析，岁不四五聚首"（《同堂祭彭躬庵友兄文》，《魏季子文集》卷一六）。彭士望《易堂记》的说法与季子一致，说经此变故，虽魏伯子率其二弟再居易堂并招诸子，而"诸子既久隐穷约，被山难，贫益甚，散处谋衣食"，"仅时一过从"。还说："自乙酉迄今庚子，十六年，多难，山城路数通塞，不时聚散，壬辰后遂散，不复聚。惟戊、己间聚最久……"看来"山变"或曰"山难"，的确是易堂历史的转捩点。情况也可能是，令诸子聚居的动机已渐渐失效，"山难"不过为酝酿中的解体提供了一个时机而已。由丙戌诸子翠微峰"读《易》"，到此已有大约六年，易堂维持的时间并不能算短暂。

避乱原是战时行为，待到环境渐趋平静，回复常态是自然的事。陈瑚移居蔚村，在顺治四年秋，三年后也就离去。南丰的程山与易堂的情况相似，据叔子说，曾同聚于程山的"五君子"，后来也因"离乱"而"散处"，"相去或数十百里，岁时不二三相见"（《赠程山五君子五十序》，《魏叔子文集》卷一一）。于此也可考察易代之际士人聚散之迹。三魏之父魏兆凤毕竟老于世故，他早就说过："人于聚顺之下，不可不存孤孽之心。"（《魏徵君杂录》，《宁都三魏文集》）

毋宁说，"山变"导致了易堂在事实上的解体，同时开启了其象征化的时期。

那一时期，有遗民以非官方身分参与故明国史的撰写，或从事私家著述，无非在建构记忆，关于故国的、关于他们参与其间的当代史的记忆。在易堂魏禧、彭士望，这过程几乎是同步的——他们演出自己的历史，同时试图用了书写肯定它。叙事行为直接参与了对于人生意境的营造。他们在用述说构造历史时是如此热诚，以至自我想象与当下此刻的行为难以区分。令我感兴趣的，更是彭士望、魏禧有关易堂的叙事态度，他们那种经由记述为历史留一份见证的自觉。我甚至猜想诸子对避居地的着意经营，也为了拥有一方诗意空间，以便那段友情的展开。在这意义上，那些庐舍亭阁以至泉石花木，无不参与构成着剧情的有机部分。

你由其时士人的文字，往往能读出关于他们"在历史中"的自觉。或许应当说，所谓"易堂"，更存在于魏、彭的叙述中，在他们不断的回忆中，通体涂染的，是这两个人激情的色彩。

就"九子"的文字看，他们中最有群体自觉的，的确也是魏、彭。魏禧《里言》录李腾蛟语，说"叔子于易堂，犹桶之有箍"。在这两个人，易堂存在时间的久暂已无关紧要，那段生活对于他们的意义，已非时间所能度量。至于对于"群"的依赖，固然与有明一代的"党社运动"有关，也应出于板荡之际士人关于自身软弱的意识。叔子、彭士望始终不忘易堂结盟的初衷，以对易堂的不断回溯，示人以不改志，不背弃。在那些深情的叙述中，易堂已不仅是一个群体的符号，那是九个男子共度的一段岁月，是一种完整的生存情境。经由谈论易堂，他们自我认同、彼此确认，关于易堂的追忆，提示的是相互间的承诺、期许，彼此的精神呼应。

我却不免想到，叔子那种"桶箍"般对于群体的拥抱，是否也令他的同伴感到了不适？

叔子、彭任曾经谈论"有我"、"无我"，口吻很像道学之士（参看《魏叔子日录·里言》），季子论"我"，却别有旨趣；名其庐"吾庐"，也别有意味。诸子即使亲如兄弟，仍各有其"吾"。不如说易堂提供了在群体中各自保有性情的例子。季子之子魏世俪的书札就说，虽然九先生"共有其真诚"，却性情不一，彭士望的"气概"、林时益的"和雅"、曾灿的"无缘饰"、邱维屏的

"通而介"、伯子的"快直"、叔子的"宽裕"、彭任的"恬淡"、季子的"刚毅"，"各有其所独至"（《答彭汝诚书》，《魏昭士文集》卷二）。这也是后辈眼中的"九子"。

易堂本是一个关系疏密不等、甚至志趣不尽一致的群体。其组成除了世乱这一外缘，作为基础的，毋宁说更是对于彼此人格的信赖。因而虽一"堂"中人，未必即是同道。由彭任的《草堂文集》，几乎看不出与魏氏兄弟、彭士望等人的精神联系，倒是不难感知他与程山谢文洊等的呼应。季子说《易》"同人"一卦，"圣人所以垂象设辞，乃在于不苟同。然则不苟同者，能不同，乃能大同"（《答山西侯君书》，《魏季子文集》卷八），或也可以用来作易堂注脚的？

"九子"与易堂的关系，确也有深浅的不同。

曾灿是"九子"中较为游离的角色。灿交游广阔，其人的游离也应因了那"广阔"。在易堂中，曾灿似乎从来不是主要角色，对此"堂"的态度也不像有多么积极。曾灿珍重与叔子的友情，却并不即以易堂为性命。

李腾蛟、彭任面目中庸，是任一群体都可能有的老成持重的人物，难得出现在前台，以其稳定而沉默，构成了群体的基本成分，令"中心人物"得以凸显的衬景、底色。在遗留至今的文字中，他们眉眼模糊，却正因了没有过于强烈的性情，成就了群体的性情。

无论曾灿，还是李腾蛟、彭任，对于那个短暂的会聚，都未必如魏氏兄弟、彭士望那样耿耿不忘，直欲什袭而收藏之，使永不磨蚀。那不过是他们的生涯中的一段插曲，固然温馨，生活中却有更实际的事务需要应付。

写在本书中的人物，确有可能因了易堂而为时人所知，但他们像是并不因此而仰赖这一名目，以为自己的存在要赖有这名目才便于陈述，也不存有借诸他人而自我扩张的俗念。易堂只是他们经历过的一个事件，并非他们个人历史的起点或终点，也未必具有关键意义。毋宁说易堂因魏禧、彭士望的热情，也因李腾蛟、彭任等人的淡定，而成其为易堂。

我由此想到，明中叶以降的"党社运动"中，处于同一"社会"者，与那"社会"的关系，可以是无穷多样的，而"党社"的名目却将这诸多差异抹杀了。

17

易堂禁约之细（见彭士望《易堂记》），与双峰（孙奇逢）的简约，适成对比。由文字看，那的确是一个设计严整的小社会。由此也可以想见，虽系避乱，属"战时体制"，却决不草率。诸子一开始就有长久居住的打算。终于散居，自然有不得已的理由。

"山变"后，诸子仍在金精十二峰一带，只是散居在了三处山中，翠微峰外，即三巘峰（按诸子文集中"巘"亦作"岘"）与稍远的冠石。

上面已经提到，彭任先已住在三巘峰，名其居"一草亭"。后来迁入的，是李腾蛟。据说曾灿、彭士望也曾在此暂住。李腾蛟所居曰"半庐"。《宁都直隶州志》卷五《山川志·宁都州》录彭士望金精联曰："石嶂古曾开，仙府楼台苍壁上；雨帘晴不卷，人家鸡犬白云中"，描写的就是三巘峰。林时益则迁往冠石。彭士望一度在青草湖"依桂树为庐居之"，有所谓的"树庐"，后又迁至冠石（《耻躬堂文钞·自序》）。我猜想魏氏兄弟外，其他诸子的迁离翠微峰，或也因其"陡绝"。此峰既易守难攻，也就上下为难。彭氏《易堂记》就写到僮仆失足、醉坠者，前后竟至有数人。

魏氏兄弟留在了翠微峰上。"三魏"中，伯子不过系缆于此，他自己就说过，"虽有翠微峰，如徐福蓬莱，至辄船风引去"（《答方大师》，《魏伯子文集》卷二）。他本不属于这一片石。

季子说："翠微西登冈，遂对三巘峰。最上李子庐，开门向天东。"（《李咸斋五十有一》，《魏季子文集》卷二）叔子也有《勺庭晨起望三巘闻鸡犬声却寄彭中叔》一诗。似乎由翠微峰可闻三巘的鸡犬之声，而李氏的房舍也俯视可见。据《易堂记》，其时三巘"居者数百人"，与翠微峰之间"可呼语"。丁巳哭祭伯子父子的时候，邱维屏还回忆起诸子于峰顶"相望而呼答"的情景（《众祭魏善伯父子文》，《邱邦士文钞》卷二）。"同声相应，同气相求"，那实在是一种美好的感觉。

即使两山如此近逼，叔子犹恨其间无"云栈"相连

（《李少贱自巘中见问口占代柬》，《魏叔子诗集》卷七。按李少贱即李腾蛟），曾对了疏雨残荷，以诗代柬，与三巘的友人互致问候；或于清秋斫了蕉叶，题了诗赠给友人（卷六《山居日斫大蕉一叶代纸偶书贻危习生》）。伯子也会用了小简招那边山上的友人来聚，说"秋山如水，秋日如月。言念君子，云胡不来"（《柬咸斋中叔》，《魏伯子文集》卷二）。叔子曾过三巘峰与彭任夜谈，直至月落烛跋（《彭中叔四十有一诗以赠之》，《魏叔子诗集》卷四）。山中风大，己酉正月，叔子在三巘峰见到由西北归来的曾畹时，正有"壑风千尺，倒土吹墙屋，汹汹有声"（《曾庭闻文集序》）。我记起了 90 年代初，住在一处濒海的山间，夜间大风在沟壑中冲荡，轰然撞击楼墙如擂石。

午后，冒雨登三巘峰，我一手撑伞，一手持了竹杖。山体没有植被处，或因了雨水的侵蚀，色如涂漆。烟雨迷蒙。我与同伴向对面的翠微峰呼喊，不大相信能将声音送到那里。这峰顶也有人迹，如水池、残存的墙体。但你仍然什么也不可能确认，除非你知道"九子"之外、之后，无人在此居住，也不曾有过四十年代末的战事。我本来就无意确认什么。能确认的或许只是，我到过了诸子曾经生活的山，在一个雨线不断的春日里。

行走在山间，偶尔有赤足的农夫打身边走过。道上有新鲜的牛粪，有的田块还插了疏篱，但耕种者已住在了山外。这雨中的山太过岑寂。诸子当时，这一带山想必不那么寂寞，或许竟随处可闻人语？

魏氏兄弟中，季子居翠微峰最久。彭士望《易堂记》后，有他本人壬戌春的附记，其中写到"吾庐"筑于丙午（康熙五年），那时季子远游南海西秦始归。"自丁巳、庚申，伯、叔踵逝，石阁、勺庭，俱虚无人，诸子各散处久，不复居易堂，惟和公（即季子）独身率妻子，居吾庐十七年，从未他徙，长儿子且抱二孙，所艺植日益蕃，居室益增，极翠微一时之盛。"我由此看到的，是季子的山民式的顽强。远游之后，修建庐舍于峰顶，想到终老于此，应当出自淡定的心境的吧——与当年聚居时的心情想必有了一点不同。叔子说，他的弟弟性情刚烈，不免于"褊"。而要守住这一方寂寞，必要有一点"刚"与"褊"的吧。

也如叔子对他的"勺庭"，季子修筑其"吾庐"，殊不草草，甚至不惜"举债而饰之"，决不止于取蔽风雨。也正因了不苟且，才能坚守。季子山中的坚守，多少可以看作守护易堂之为象征——那确也被他作为了后死者的道义责任。

季子的两个儿子续有兴作，而且像是由父辈那里，承袭了对于室庐园林的创造才能，且所建房舍不厌其高。"吾庐"已高于"勺庭"，其后所建的"享堂"、"惴临轩"，似更高于"吾庐"。季子父子的气概于此可以感知。即使在季子晚年城居之后，他的两个儿子世儆、世俨仍住在山上，世俨还买下了曾氏故居，加以改建（《虚受

三嵊峰·石磴

斋记》、《惝临轩记》，《魏敬士文集》卷四）。《翠微峰志》也记有魏世傚四十七岁时（庚辰），在翠微峰顶新建"地山草堂"，住了较长时间（第 143 页）。其时"九子"中惟彭任尚在，写了《书地山草堂唱和诗后》（《草亭文集》）。易堂一脉，就这样在魏氏后人那里延续着。

世傚说他父亲年六十四，"以登陟为劳，缉城中屋居之，榜曰'瓶斋'，非乐夫市廛也"（《享堂记》，《魏昭士文集》卷六）。城居的季子仍不时还山，往来于城中山上，甚至说自己"却悔移家去住城"（《还山阅吴子政新诗因赋赠》，《魏季子文集》卷五）。至于魏氏后人究竟于何时放弃了翠微这一片石，就不得而知了。

18

彭士望刻画易堂形象，说："易堂之人粗识理义，读书、为古文辞，好嘤嘤谈经济，笃嗜人才，出于至性，而操行多疵病，废半途，不能坚忍嗜欲，独不敢作伪自覆匿。"（《复孔正叔书》，《树庐文钞》卷二）后人眼中的易堂，也大略如是。季子之子魏世傚就对同侪说："九先生之所同者心，而不同者其行事。同其心者，真与诚而已矣。"（《答彭汝诚书》）

魏氏叔、季与彭士望说易堂，首标一"真"字。

季子《吴瓶庵赠言序》（《魏季子文集》卷七）一篇后彭士望的评语，说"真气"二字，"此吾易堂立言之旨也"。季子也说："人之有真气者乃有奇气。"（《邹幼圃来翠微峰记》，《魏季子文集》卷一二）叔子的说法是，"天下之害由于人无真气，柱朽栋桡而大厦倾焉"（《徐祯起诗序》，《魏叔子文集》卷九），不免夸张，却也未必不真的这样认为。这里所谓的"真"，无非指真诚，真率，真挚。人们当时所知道的"易堂"，的确也光明洞达，真气洋溢。

这"真"与公安三袁的"性灵"、"性情"说，至少间接有关，尽管叔子对士人的滥说"性情"正不以为然。在他看来，自"性情"之说流行，无不以性情为言，"故自天下好为真性情之诗，而性情愈隐，诗之道或几乎亡矣"（同上）。

易堂所谓"真"，自然非即天真。魏氏兄弟尤其不以"天真"自诩，他们甚至不讳言"机谋"，自居于智谋之士。在我看来，诸子的可爱，是在未必不通世故，却仍保有了某种率真；既少有道学中人的矫情或不情，又不像通常文士、名士以通脱为标榜——他们确也令时人感到了一派清新。最为易堂中人得意的，是方以智的如下评语，即"易堂真气，天下罕二"（季子《先叔兄纪略》）。

朱子曾以灯笼取喻，说内多一条骨子，外便减一路光明，易堂中人一再引用，只是不免于断章取义。但这譬喻着实精妙。

那个时期好用这一"真"字的，颇不乏人。方以智说"真实"，曰："发真实心，行真实行，方肯真实。参真实参，方有真实；疑真实疑，方有真实；悟真实悟，始信悟同未悟，始知真实践履。"（《墨历崖警示》，《冬灰录》卷首）《方以智年谱》系此篇于顺治十五年（戊戌），即方氏访翠微峰的前一年。宁化李世熊，自说其"痛愤是真痛愤，惭愧是真惭愧，爱敬是真爱敬，涕泪是真涕泪"（语见季子《李君元仲墓志铭》，《魏季子文集》卷一四）。颜元甚至也用了"真气"二字，说"宇宙真气即宇宙生气"（《习斋记馀》卷一《烈香集序》，《颜元集》第 409 页）。此"真"正自难得，值得如此强调。

孙奇逢的友人孙承宗、鹿善继等人，也标一"真"字。鹿善继著有《认真草》，为孙承宗所题名，以为得了鹿氏精神。孙承宗是在别于"赝"的意义上，称许鹿善继的"真"的，即"真材"，"真品"，"真心"，"真肝胆"（孙氏《题鹿伯顺十五种认真草》）。鹿善继本人也好说"真实"，如曰"真实心"，"真实心肠"等等（《定兴县籽粒折徵记》，《认真草》卷三）。由我看来，鹿善继的"真"，兼以"刚大"，更有北方气象。均为"志士"，北方孙奇逢、鹿善继厚重内敛，易堂彭、魏则激情喷涌，都有所谓的"真性情"。

尽管我们早已被告知，到本书所写的这一时期，传统社会已近晚期，我的阅读经验却告诉我，其时士人的心性并未因此而衰老。我倒是常能由明人、明清之际的士人那里，读出某种青春气象，觉得那些人物的热情近乎天真。即如易堂的那种"真气"，岂非出诸年轻的心灵？

19

满耳雨声。四周的山黑魆魆的。若是在三百年前，附近的翠微峰头，会有一两星灯火，明灭在枝缝叶隙间。那灯下或许有魏氏兄弟在纵谈，也可能是彭士望、叔子在争辩，以至声震林木。叔子本长于谈论，"论事每纵横雄杰，倒注不穷"（季子《先叔兄纪略》）。说到兴奋处，即使"委顿枕席"，也会推枕而起，"投袂奋步于室中，疾声大言"，使"闻者惊为诟厉"（《涂宜振史论序》，《魏叔子文集》卷八）。

上文已提到了九子的和而不同，用了邱维屏的说法，即"大义攸同，志各趋舍"（《祭李少贱文》）——惟此也才有气象的阔大。关于异同，叔子的说法是："朋友之义，相济以异，而相成以同。"（《京口二家文选序》，《魏叔子文集》卷八）彭士望视时文若仇，邱维屏则称道制艺自若。至于曾灿以及下面将要讲到的林时益，更是宁得罪友朋，也不改面目，不放弃自己的人生选择。一定要这样，才是所谓的"性情中人"的吧。

更足以示人以"易堂真气"的，毋宁说是那种系于时尚而又自具特色的诸子间的相互砥砺。

倘若有人于三百年前，隐隐听得峰顶人声喧哗，有宿鸟在月明之夜惊飞，那或许就是易堂诸子在相互攻谪。彭士望《易堂记》说，诸子"方初聚时，俱少年朗锐，轻视世务，或抗论古今、规过失，往复达曙，少亦至夜分，不服辄动色庭诟，声震厉，僮仆睡惊起；顷即欢然笑语，胸中无毫发芥蒂"。他们或许就这样谈论、争辩着，灯烛荧荧然达旦。

无论彭士望还是叔子，一再强调的，都是诸子间"无毫发芥蒂"。即如叔子说他与彭氏"山居争论古今事，及督身所过失，往往动色厉声张目，至流涕不止，退而作书数千言相攻谪。两人者或立相受过，或数日旬日意始平，初未尝略有所芥蒂"（《彭躬庵七十序》）。彭氏在另外的场合也说到，"诸子中亦时意气互激，忿詈出恶声，或号哭欲绝交，转盼辄销亡，胸中无毛发底滞"（《魏兴士文序》，《树庐文钞》卷六）。他们更希望人们相信的是，这些血性男子间的冲撞，即使撞到了火星四溅，彼此伤痕累累，也无损于心性的磊落光明。

如彭士望、叔子所描述的"攻谪"，几乎可以视为"易堂作风"，其严肃性决不在儒者的修省之下。那本是一个儒者式的道德修炼成为时尚的时期，这修炼中包括了自考与互规。其时流行一种"功过格"，鼓励士人将自己的善举与过失记录在案且加以换算，以便积累功德，邀致神宠。易堂中人也正在风气之中。只不过就我所见到的，如易堂中人那样，将自考尤其互规进行到如此激烈的，仍然罕有。叔子自说与他的朋友间，"苦言相箴规，攻谪比仇敌"（《梦故人》，《魏叔子诗集》卷四）。看季子书札，确也是每到规人之过，即精神百倍，勃勃有生气。诸子、甚至诸子之子的文集中，气势最充沛的，确也是这等文字，无不攻势凌厉，言辞激切。看起来的确是，面折书诤，诤者能尽言，被诤者能受尽言，气象无不正大。这群心理强健的男子，或许正由这一次次的激情冲撞，而获致了快感，以至彭士望到了晚年，还怀念着那一种撞击。

诸子不屑于为迂儒式的修行，却严于互规，于此也分明见出了群体自觉。只是易堂中人致力于道德人格的完善——既是伦理意义上的，又是审美意义上的，并不像儒家之徒那样，将目标明确地设定在"优入圣域"上；也没有迹象证明他们曾在"九容"一类项目上彼此纠察：那种迂儒式的修省不免要梏亡生机，而如彭士望、魏氏兄弟，本是活力四溢的人。

在这种场合，诸子的神情也仍然有不同。叔子就说过，"吾徒爱气矜，正色敢犯难"，惟有李腾蛟与邱维屏不然，邱如"千顷波"，李则如"春日旦"（《李子力负五十初度……》，《魏叔子诗集》卷三），将这两个朋友比之于黄宪（叔度）、陈寔（即陈太丘。关于黄、陈，参看《世说新语》）。《丘邦士先生文集》杨龙泉序也说当诸子相互攻讦时，邱氏"独静默若未尝身与其间"。但据叔子说，邱氏曾因关于时文见解的不同而与他争论，"至座中人皆罢酒，声震山谷，鼾睡者悉惊寤，不为止"（《邱维屏传》）。沉静木讷的，或更有认死理、咬定了不松口的坚韧。因而那山中争执不下的，未见得定是彭士望、魏叔子。性相远，习相近，你可以想象，至少在易堂盛时，那"堂"中常常是热烈的，喧嚣的。

叔子、彭士望以鼓舞、激励侪辈为道德义务、道义责任，披肝沥胆，激情至老不衰。叔子与陈恭尹，未有一面，不过是所谓的"神交"，却也无妨于叔子以诤友自任(参看《答陈元孝》，《魏叔子文集》卷七)。他说，"朋友有过，吾苟闻之，如负芒刺于背，如人骂己姓名，夜有所得，则汲汲然不能待诸旦"(《里言》)。彭士望不满于程山谢文洊的"微有坛坫习气"，竟直截了当地说："世界公共，性体浑同，圣贤阔大，切莫认作一家一门私货。"(《与甘健斋书》，《树庐文钞》卷一。按甘健斋即甘京)——在叔子、彭氏，确也出于性情的"肫切"、"恳笃"，亦所谓"不容已"。圣人说过，友直，友谅，友多闻。人生在世，"益友"、"畏友"、直谅之友，何尝易得！

如此严肃的道义之交，未必随时可见于现代社会的吧。值得凭吊的，倒不如说是这种古老的诗意。钱穆曾说到过宋人严肃，明人何尝不严肃！明儒中很有几位，几乎将这种严肃推向了极致。严肃而至于不情的，也大有人在。我这里要说的是，那些被目为文人、名士者，也自有其严肃，即如易堂诸子间的友情。这种严肃，无疑与其时的理学氛围以极复杂的方式联系着。修身之学当其时确非道学的专利；换一个角度，也应当可证儒学理念、价值观对于士林的广被。这一种严肃风味，往往被乐道晚明士风者所忽略。晚明文人何尝一味通脱飘逸、潇洒出尘！

20

易堂气象的正大不止表现在攻他人之过。

叔子去世后，彭士望提到一件旧事：邱维屏曾认为叔子"饰非拒谏"，以书札相规劝，言辞激切，"叔子乃刊布其书闻天下"（《祭魏叔子文》，《树庐文钞》卷九）。邱氏的那封信收在了魏叔子的文集卷五中（另见《丘邦士先生文集》卷五），的确毫不容情，对他的这个内弟，几于剥皮论骨。

伯子曾批评他人"虽曰'自讼'，正如名士言疏懒、言癖、言不合时宜，歉悒之间，翻寓自得"（《答人》，《魏伯子文集》卷二）。"悔过"也可能并非出之以诚。叔子也有类似的发现，即"文过者，掩失匿非，此粗迹耳。文过之精，有人所未知而自表暴悔艾以文之者"（《里言》）。叔子在这种地方，总能洞见情伪。由此可以知道，聚在翠微峰上的，不但是几个相互能直言的人，而且是能洞见他人肺腑的人，相互规劝起来，那情景就非寻常可比。要由邱维屏致叔子书，才能知道那是一种怎样的批评。直言固然需要勇气，而能承受这样的直言，也要有相当的胸怀、气量的吧。

叔子不从事儒者式的修炼，省过之严苛却未见得不若，不但行为、甚至念头都在检点之列。他的"自讼"，包括了自讼其好色，态度之坦白，有决非寻常道学所能者。他说自己"生平未蹈邪淫事，而邪淫念触地而发"，"每能凿空作淫想"（《述梦》），说得一派天真，只是自责中未必没有自喜。他在诗中也忏悔了自己的"多欲"，"凿空结妄想，能使冶容出"（《南丰曾法南六十初度览其族子若頀纪事惕然有赋》，《魏叔子诗集》卷四）。不过"凿空"、"妄想"而已，竟也令叔子惭惶无地。你却也由此知晓了叔子关于女色的想象力——那正应当为一个正常且性情活跃的男性所固有。

彭士望、魏叔子都自负"直道"，又都能忍受对方的"直"。或许应当说，"直"并不难，难在使他人能"直于己"。

也如邱维屏的"书诤"叔子，彭士望曾致书伯子之子世杰，对其父颇有批评，说伯子游幕后"养尊处优"，与人交而"习软滑"，"道义久交中，求如二十年前争执诟詈涕泣时，了不可得"（《与魏兴士手简》，《树庐文钞》卷四）。据书札后他本人的附记，伯子得此书简，就"手自圈点"，黏置座右。直到伯子死难三年后，彭氏才偶然得见，泪潸然为之下。曾灿不过少叔子一岁，叔子对于他，却"如严师之于童子"。季子父子斥责曾灿的书札，虽刊刻时隐去了其名，但辞气之峻厉，非常人所能堪（魏世俨《祭妻弟曾嘉初文》，《魏敬士文集》卷六。按季子文集卷八《与友人书》，应即致曾灿者）。曾灿在客中记起友人的斥责，说他并不缺少意气之交，却没有了叔子那样能施以"绳纠"的朋友（《钱塘江梦魏凝叔二首》，《六松堂诗文集》卷二）。

没有"能受尽言"的叔子，就不会有他的那些"言无不尽"的朋友，不会有邱维屏那种入木三分、毫不容情的批评。至于叔子的"直"，不消说又为易堂同人所助成。或也正因有了彭士望、邱维屏这样的畏友、诤友，叔子也才会少一点领袖群伦的自信、自负，多一点平易与清醒的？

上文已经说到易堂中人的切磋文字。叔子对远方的友人说，易堂中"虽文章小道有所失，必力相攻治，如严师之训其弟子，下至子侄门人，动色相诤"（《答陈元孝》，《魏叔子文集》卷七）。文人或不难有此诤，诤之后从善如流、即行删改的，才更出自"易堂作风"。我所读"三魏"及其子弟的文集，刊削后的空白随处可见，堪称一绝。

易堂诸子的修省，不但无时无地，而且借诸多种形式进行，将这种活动日常化了。即如曾灿所说，诸子的取名某斋，往往有"借诸斋堂之名而以寓其损过益不及之意"（《果斋说》，《六松堂诗文集》卷一三）。叔子号裕斋，据说就是为了"自进于宽裕"（季子《先叔兄纪略》）。邱维屏则为"治其气质之恶"，名其所居曰"慢庑"（《敏斋说》，《丘邦士先生文集》卷三）。其他如林时益号"确斋"，也无非此类。

你不妨承认，那个时代的士人对于道德生活的严肃性的不倦追求，的确有其动人之处。

21

在进德修省中，易堂内部关系的"平等"，也与某些理学会社相仿佛。据叔子的《先伯兄墓志铭》，伯子"严于疾恶，触其性，若雷霆之发不可御；然每能自屈于理，理胜者，虽子弟之言，必俯首而伏"（《魏叔子文集》卷一八）。道之所在，即师之所在。士人于此体验了别一种价值尺度，"道"的、"学"的价值尺度。但如易堂那样鼓励卑、幼者匡正尊、长者，未必为儒家之徒所能——或也有违于他们的理念。

易堂中的相互砥砺，甚至在师弟子之间。叔子相信"人生有定质，无定位"（《寄庐说》，《魏叔子文集》卷一五）。他希望弟子"能正色直言，匡我不逮，吾亦有所严惮，以自束其身"（同书卷一四《告李作谋墓文》）。李腾蛟也鼓励门生弟子纠自己之"过"，甚至致书他的门人，说"肋下三拳，时常来筑，仆断不护痛矣"（《答南昌门人胡心仲》）——与其说因了度量，不如说基于实施"修省"的真诚，基于某种彻底性。李氏在自己主持的学馆设了"彰纠录"，令弟子书善书过，"过格书上，善格书下"。这里"书"被认为重要动作。李氏将这一种书写，比之于《春秋》，能令人"凛凛"而生畏（《彰纠录序》，《半庐文稿》卷一）。

本来就不同于其时南丰的"程山"，"易堂九子"无论长幼，皆为兄弟交，有伦理关系上的平等；而兄弟如"三魏"，也无论长幼，互为"畏友"。这也像是一种特色。易堂中人对此想必很自觉，叔子就一再说到。程山谢文洊门下，封濬、甘京、黄熙等人年相若，与其师谢氏的年龄也相去不远（三人中年长的封氏，不过少谢氏五岁），却对其师执礼甚恭，与那些年少的弟子旅进旅退，行礼如仪：气象不消说不同于易堂。叔子说他"与程山师弟并为昆弟交"（《封禹成五十寿序》，《魏叔子文集》卷一一），也即以易堂的作风与程山交往。

易堂中的修省活动，几乎动员了在此聚居的所有人员。甚至叔子之妇也参与了规过。叔子记有他的内人对他说："汝做一件好事，便喜动辞色，何浅也。"叔子则认为人在妻子婢仆前最无忌惮，"能于此随事受规，亦能补朋友所不及"（《里言》）。如此看来，修省确也算得易堂的一项"共同事业"。

只是上面那一种"易堂作风"也自有弊。叔子就曾对李腾蛟说："吾堂之病，一在议论过高，一在意见互立。"（《复李咸斋书》，《魏叔子文集》卷五）说得很中肯。

"相砥"以内部的紧张，强化了群体感、相依存感，却不能不以挤压个人空间为代价。叔子期待于易堂同人的，"首在洞然见其胸臆"（同上）。交友而要求彼此洞见肺腑胸臆，在现代人看来，未见得明智的吧，或许徒然增添了人生的苦痛。彭士望自说其诤友人，不难"剚心沥髓，竭尽言之"（《与甘健斋书》，《树庐文钞》卷一）。病或许正在"竭尽"。

在叔子的叙述中，他与彭士望的友情是完满无缺的，每曰"易堂畏友，吾以躬庵为第一"（《彭躬庵七十序》），彭氏却有缺憾之感。壬戌二月，彭氏在给季子之子的手简中，叙说了发生于至交中的往事，一再叹息着："冠石、易堂，岂易有今日哉！"（《与魏昭士手简》）叔子故去不过一年多，这书札毋宁说是向着冥冥中叔子的诉说。直到此时才来讲述那些关于破裂的旧事，重新检视那些个伤疤、瘢痕——友情中相互伤害的记录，令人感到的，毋宁说是彭氏的隐忍。由此看来，彭氏此前不断地重申誓约，谈论友情，不惜用了过甚的形容，或也为了对于痛苦的逃避？

珍重友情，也可能将标准悬得过高，以至近于不情。叔子说"气谊所结，自有一段贯金石、射日月、齐生死、诚一专精不可磨灭之处"（《复六松书》，《魏叔子文集》卷五），即以此为理由，不肯以"死友"许曾灿。凡此，都不免将五伦中"朋友"一伦的意义，无限地放大了。叔子所谓的"气谊"，超绝时空、生死，包含了准宗教性的狂热。古人所谓"至性"、"至情"，是否往往也如叔子这样，因"一腔热血"无可倾倒，即在世俗伦理上过用了激情？凡"至"，总令人觉得有一点危险。当然，非凡的人物，确也要赖此"至"，才能生成。

叔子本人也明白"直言无忌讳"的代价（《复邱邦士书》）。他比李腾蛟之言于"参苓"，自比其言为"汗下之剂"，以为可以相互配合，互为补充。另一时，在委婉地规劝伯子时，他又说："汗下所以已疾，而过用之，亦多至于益疾"（《四此堂摘钞叙》，《魏叔子文集》卷八）。他序《谨言箴》，说到言语之祸，"同于刑杀"（《魏叔子诗集》卷二）。未必仅仅出于畏祸，也应当出自对于言的杀伤力的认识。

相互砥砺而至于如此凶猛、狂暴，与王夫之所批评的"气矜"、"气激"，未见得没有关系。彼此期许过高，责善即不免太严。"相砥"本为了向善，也可能中途目标暗移，"砥"成了目标本身。据季子说，叔子的性情本不激烈，"性秉仁厚，宽以接物，不记人之过"，即使受了别人的骗，也"恬如也"（《先叔兄纪略》）——这一点的确非常人所能。叔子常要谈到处朋友的原则，也足见其人用心的厚道，对人情的体贴，决非一味勇猛直率。他的激烈，或许也是风气使然。

叔子说，"朋友惟敬可久，亦惟适性可久"（《答陈伯玑》，《魏叔子文集》卷七）。"适性"正不易得。不知易堂那种"相砥"、"攻刺"的激越气氛，能否使禀性温厚如李腾蛟、彭任者"适性"。我很想知道，当彭士望、魏叔子发抒其激越情怀时，李腾蛟、彭任有怎样的反应，他们会不会如兄长的看弱弟，用了慈爱而宽容的眼神的？

22

"易堂九子"活跃在赣南的这一时期，有两位其时的大师级人物曾在江西，即方以智与施闰章。施氏宦游江右，顺治十八年以江西参议分守湖西道，直到康熙六年。方以智则于顺治十五年后，禅游江西，康熙四年主青原法席。方、施在江右游踪均广，诗文中关于此地的风土人物，多所涉笔，以他们这期间的活动，深刻地影响了这一带的人文面貌。其中方以智的影响更其经久。《方以智年谱》康熙元年："是年，密之（按方以智字密之）虽为新城南谷寺主持，然萍踪江西，蒲团到处，群论竞起。"

由年谱可知，顺治九年方以智在梅岭，就已经由曾灿那里得知有所谓"易堂"。方氏与曾灿为旧交，撰写过曾灿之父曾应遴的墓志铭。王夫之得知魏叔子、林时益其人，则由方以智的推介。他说，"青原极丸老人"（按即方以智）有书札来，其中提到魏、林"亦鼎鼎非此世界中人"（《搔首问》，《船山全书》第12册第824页）。由此也可以想见其时遗民对同志者的关注，及其间消息的传递。后世想象中的"遗民社会"，未必不靠了这种口耳相传、以精神遥系的吧。

当魏氏兄弟僻处赣南、姓名不为人所知之时，明末四公子之一的方以智即已声名藉甚，交游皆一时俊彦。叔子无缘亲历"复几风流"（按复几即复社、几社），直到方以智于明亡后为僧而驻锡青原山，才终于有了亲炙的机会。亦如当年与彭士望的遇合，与方以智的结交，也是得之于乱世的一段缘。

方以智的《游梅川赤面易堂记》，自记其访易堂而感叹道："在此蓬莱中，与门人、子弟，昼耕夜读，岂容易得哉！""又奇者，诸公或土著自城依岩，或流寓种植自给，二十年来，各携全家居峰顶，读书怀古，敷衽啸歌，扶义古处，有茹肝澡雪之风。山川以人发光，良不虚哉！"（《浮山文集后编》卷二，《清史资料》第6辑第40～42页）。那回方氏竟在翠微峰、三巘峰、冠石几处盘桓了一个多月，欣赏诸子的"直谅"，以至叔子认定他为"同堂同室人"（《同林确斋与桐城三方书》）。《方以智年谱》系方氏此行于顺治十六年（己亥）。应当就在这时，方以智有了那番令诸子兴奋不已的感叹，即

"易堂真气，天下罕二矣"！事后看来，诸子对于方以智，不止于知己之感、同志之感，他们还需要借诸方氏读自己的群体，借这个有力的人物确认易堂的"真气"。

方以智的到访，无疑是易堂诸子的节日，追记于事后，还保存了当其时的那份激动。此后方氏曾再度游金精山（《年谱》第 219 页）。丁未自青原游武夷山，还曾在新城的天峰寺招叔子晤谈。那晚聊得很快意，叔子说别方氏七年，"胸中新语，勃勃不自遏"（《送药地大师游武夷山序》，《魏叔子文集》卷一〇）。

关于方以智在金精一带的游踪，林时益在诗中有详细的记述（《己亥季夏郭家山呈别木大师》，《朱中尉诗集》卷一）。令林氏印象深刻的，除了方氏学识的渊博（"师如大海水，随人自为汲"），还有其人的"乐易"，以至他的两个儿子，竟牵了衣襟向这大师索取果实。叔子也感动于方氏的平易，说："吾向交程山先生（按即谢文洊），和平春容，能使躁气者当之而平，胜心者当之而伏；及交药地大师（即方以智），能使才人见之自失，愚者见之自喜。"（《杂说》，《魏叔子日录》卷二）使才人自失不难，难在使愚人自喜。有大智慧者，才有此魅力。

与方氏的交往，被作为了易堂的一段佳话，也是魏叔子、彭士望、林时益等人"易堂记忆"的重要内容。由年谱看，走访易堂，不过是方氏此一时期诸多交往中的一次，譬如路边茶寮偶尔的小饮，易堂中人却缱绻不已，叔子甚至"积绪缠绵，如春蚕成茧"（《与木大师书》，《魏叔子文集》卷五）——由此也更见出诸子的天真、恳挚。

这番交往对于叔子等人影响之深，见之于诗文，未必方氏本人所能料及。叔子这一时期曾涉江逾淮，与吴越人士交往，却似乎没有另一个人，如方以智这样使他受到如此强大的吸引，在易堂同人中引发了如此持久的震动。方以智自然不大会想到，他的一次偶然的过访，甚至影响了某个人（如林时益）此后的人生。方氏的魅力固然在这僻邑的一群书生那里得到了证明，易堂诸子也缘方氏这样的人物，领略了其时由名（流）胜（流）所标志的境界。

较之魏叔子、林时益，方以智阅历太丰富，交游太广阔，学识太渊博，令他们仰慕之余，不免有一点受宠若惊。即使如此，叔子也仍然不放弃规诫的义务，说他自己与林时益事方氏"拟于严师，然意所不可，则谔谔然自比诤友之列"（《同林确斋与桐城三方书》）。

若干年后，这友情得了一个考验的机会，那就是方以智之死。方氏之死，至今仍被作为悬案，但这不是这本小书所要讨论的。余英时注意到与晚年的方以智过从甚密如施闰章者，对方氏之死像是讳莫如深。我也奇怪黄宗羲遗留的文字中，关于他的这位遭遇不幸的故交，却像是只有《思旧录》中说到其人"好奇"的寥寥数语。方以智之子也说时人对于其父之死，"讳忌而不敢语，语焉而不敢详"（方中履《吴孝隐先生墓志铭》，转引自余英时《方以智晚节考·增订版自序》）。或许方氏本人也不曾料到，当他去世之时，由赣南山中发出了最沉痛愤激的伤悼之声，几位未必知交的朋友，再三凭吊，一往情深。如若当时的确有过关于方氏之死的禁忌，如若那禁忌果如余英时所形容，那么易堂诸子对方氏的凭吊就弥足珍贵。那不但是有关方以智的重要文字，也是解读易堂的重要文字。我所见祭吊方氏的文字，悲慨淋漓，未有过于彭士望的《首山濯楼记》（《树庐文钞》卷八）者。此文以遗民哭遗民，堪称奇文，是其时遗民表达中最富于激情的篇章。

无论方以智是否以诸子为知交，对于方氏，赣南的这几个热血男儿，像是知之独深。彭氏写于方氏死后的文字，对其人内心的隐痛，有何等深入的洞察。与方氏结交稍早的曾灿，则认为方氏的悲剧不始自丧乱之时，说当其人少年时，"击筑骂坐，醲饮大呼，洋洋洒洒，下笔数千言，纤绮骈丽，珠玉缤纷，而兴之所至，忧辄随之"，像是已然明白了"其道之必穷"（《无大师无生瘗序》，《六松堂诗文集》卷一二）。因自托知交，故不免为其人虑之深远。叔子向方氏的三个儿子传授保生全身的经验，教以"虑患之深"、"见几之早"（《同林确斋与桐城三方书》），由此后的事态看，决非杞忧。这些翠微山中人，或许真的比之方氏父子更了解他们的处境。由一段距离外，诸子密切注视着这个家族，预先察知了方氏命运深刻的悲剧性。

以方氏诤友自居的叔子，曾劝方以智晦迹，批评其人"接纳不得不广，干谒不得不与，辞受不得不宽，形迹所居，志气渐移"（《与木大师书》）。鸿飞冥冥，弋者何慕。叔子奉上的，未必不是一剂良药。但方以智毕竟曾经是"尚通脱"的名士，一领袈裟，不可能尽掩昔日形骸。苦受得，粗粝的饭吃得，却仍有可能不堪寂寞，难以像叔子期待的那样，"挂鞋曳杖，灭影深山"。倘若能听取这个无足轻重的朋友的劝诫，方氏此后的故事会不会有所不同？也是由事后看，易堂的几位，或许更可托性命，在危局险境中也更能担当——这当然只是我的所见，方氏未见得作如是想。况且能欣赏"直谅"这一种品质的，未必真能容受直谅之友。方以智对于叔子的规劝，会不会竟一笑置之？

你也没有理由指摘方氏。叔子希望方以智能仪型当世，成其为完人。但别人作何期待，与方氏又有什么相干！正是由此后的事态看，毋宁说方氏安于他的命运，对此有一份令人起敬的泰然。

易堂的学人朋友中，除方以智外，还有上文提到过的方舆学家顾祖禹。遭遇顾祖禹，叔子、彭士望真真是如获拱璧，以至逢人即说项斯。在学问一事上，叔子、彭士望都有自知之明。叔子自说"于古学游其藩篱，未登其堂户"（《答蔡生书》，《魏叔子文集》卷六）；承认自己尽管文章为海内所推崇，而"实学"较之于顾祖禹、万斯大（充宗）辈，则不免要"瞠乎其后"（《顾耕石先生诗集序》，《树庐文钞》卷六）。彭士望则说自己读书但览大意，常不免于"讹字画、音韵"（《与方素北书》）。他还说易堂诸子"于学无常师，亦罕所卒业"（《易堂记》），说得很诚实。但这并不妨碍他们欣赏顾祖禹的学问，更不妨碍其结交如方以智这样的饱学之士。叔子佩服方以智、顾祖禹，却并不就致力于学问，在我看来，也是其人的可爱之处。

彭士望、林时益的朋友欧阳斌元（宪万），也是其时的奇人。彭士望记斌元为了向西洋人士学铳、学天文、日月食的测量等，不惜"易名就坛事耶苏，随村市人后瞻礼诵经，忍饥竟日。人或讥议之，笑谢不为止"，足见明代士人的开放心态。更令人称奇的，是斌元物色"异人"，"虽疥癞龌龊行乞辈，语有得，即叩头称弟子，同寝食，留旬月不舍去"（《书欧阳子十交赞后》，《树庐文钞》卷九）。林时益对这位朋友的学识也很佩服，甚至拜其为师。倘若不是生计所迫，以林时益的性情，未必不能成为学问中人的吧。

23

在关于易堂的诸种述说中，惟"易堂诸妇"无声无息。她们的故事是要由男人们讲述的，而男人往往将她们忽略了，你因而只能片段、零碎地得知她们的消息。

叔子曾为彭士望妇撰写墓志铭，令人可以略知"诸妇"为诸子的那段美好记忆所支付的代价。在那篇文字中，叔子写到彭氏之妇山居后的令人不堪的贫窘：夜遭劫盗，"天寒衣被俱尽，则裁败絮尺余缀衣"；彭氏外出，种茶、造纸、佣耕人田，皆由其妇主持，"飞尘蒙面，十指皲瘃斜互，见者伤之"。同篇还写到彭氏妇出自宗室，"嗜茶饮，性尤爱花。既贫困，常觅花种破缶败筥中，依时灌涤。花开，持茗杯流连移日不能去"（《彭母朱宜人墓志铭》，《魏叔子文集》卷一八）。持茗杯看花而流连于"破缶败筥"间，不免令人酸楚——相信也是叔子写上述文字时的感受。"九子"中李腾蛟最先死，彭氏妇则死在李氏去世的前一年。

由季子本人的文字，可知其妇之贤。季子好游，家贫不能为儿子延师，其妇即"自为授经书"（《析产后序》，《魏季子文集》卷七）。魏世俨也说其父"破产，不为家"，"名日起，家日落，或一岁二岁或三四岁一返家山"，直至"倦游而归"（《享堂记》）。季子妇的艰困不难想象。

关于伯子之妇，其子魏世杰有《先妣行状》，说居翠微峰时，家中落，其母"每鬻嫁时衣物"，"尝服敝恶衣，日饭或歠白汤当菜"（《魏兴士文集》卷五）——"桃源"中的妇人，有如是之艰辛！

据季子说，邱维屏不问家人产，任由其妇日夜操劳（《邱氏分关序》，《魏季子文集》卷七）。邱氏自己也写有《劳妇篇》，说"河东有劳妇，谓言学子妻"（《丘邦士先生文集》卷一七）。上文提到过的那则邱氏被其妇遣去借米不归的故事，接下来的情节是，终于由其妇借了米来煮饭，而邱氏吃得很坦然，毫无愧恧。讲述者显然乐于欣赏邱维屏的淡泊，而那妇人呢，她对自己的丈夫该作何感想？

彭任妇似乎是个能干的女人，长于治家理财。据叔子说，彭任隐居，又不事生产，先人所遗田亩租税、出入征赋及米盐细碎，都由其妇主会计，"默识数目，不用簿籍，久而不遗忘"。此妇也"日亲操作，常粥饭参半，衣少完好者"（《彭母温孺人墓志铭》，《魏叔子文集》卷一八）——诸妇的辛苦与贫窘，像是大同小异。

叔子之妇谢秀孙较为特别，乾隆六年刊本《宁都县志》卷六《人物·列女》有传，近人编纂的《翠微峰志》"人物"一章也有传，是易堂诸妇中入志的仅有的人物。据说谢氏"著有《季兰诗词稿》，流行于世者有五言古诗两首，七言绝诗（按应为绝句）一首"（《翠微峰志》第142页）。其他诸妇或许也有诗作，只是终不能如诸子、诸子弟的诗文那样，刊刻流传罢了。妇人们的声音，总难达于闺门以外。

这些妇人，她们的苦乐悲欢，即使与她们的外子或也难以相通。遗民只是男人的身份，妇人们所得到的，则是由此而来的困窘。当着诸子在山中纵谈古今、诗酒唱和的时候，这些无缘参与其间的妇人女子，或许正在为生计而操劳，她们不大会分享其夫对于易堂的那份感情的吧。至于诸妇间的关系，也像是并非一味地亲密。据叔子的《先嫂邱孺人墓表》，翠微峰上，"易堂诸女妇常相过游嬉"，而伯子妇却闭门不出（《魏叔子文集》卷一八），独守了一份寂寞。

24

你由上文已经得知，易堂诸子的山中岁月并不枯槁。山下、山外的杀戮，未必就破坏了他们的好兴致。

叔子的诗作得不好，性情却无疑是诗人。正是就性情而言，叔子决不宜于充当所谓的"山泽之癯"。他偶尔也自称"山林之人"、"穷岩之士"，不过随手拣拾来的熟烂话头而已。由他与季子的精心营造庐舍，就不难令人想见处境心境的从容宽裕。那些建筑尽管不如其人的文字能行远留久，却是他们各自生前的得意之作，切实地润泽过那些山居岁月的，也应当作为魏氏兄弟饶有情致、热爱生活的一份证明。

叔子有志于用世，却不放弃营造诗意人生。他说："古人云：及时为善；又云：及时行乐。不为善则失天地生人本意，不行乐则劳苦寂寞，无有生之趣。两'及时'俱少不得。"（《里言》）季子则对遗民好说的"俭德避难"有别解，他对朱子训"俭"为"敛"颇不谓然，说："'俭德'故妙义，亦何必'敛'乎？"（《朱容斋八十一岁赠言序》，《魏季子文集》卷七）

叔子有癖，不但癖花木，癖园林庐舍，甚至好美食美色。太多嗜欲，无论在粹儒还是佛徒看来，其人的难以入道，都是无疑的，叔子却将他的嗜欲，表达得一派天真。面对贫窭的朋友，他不免自惭，却仍然忍不住夸耀道，自己"居翠微山中，桃、李、梧桐之花高于屋，高竹成长林，庭中有周轩曲槛，槛前方池二丈，池上有露台游眺之乐"，承认自己"性好治居室，又不能三五日不肉食"（《答杨友石书》，《魏叔子文集》卷五）。叔子、季子处遗民，不取徐枋、李天植式的自甘枯槁，固然出于性情，也应因了道德自信——不以为"节操"应当以放弃生活趣味为代价，这一点也见诸对于翠微山居的始终经营。

居室环境，叔子的确很在意。他在书札中，不无得意地提到勺庭"新甃"，"净几明窗，心绪恬豁"（同卷《答曾君有书》）。甚至西洋的宫室也令他着迷。他曾将一幅"泰西宫室图"悬挂在勺庭中，"日视之，尝若欲入而居者"（同上）。他解释说，自己"性好宫室园亭之乐，而贫无由得，每欲使画工写放古人名第宅，或直写吾意所欲作，故于此画最为流连"（同书卷一二《跋伯兄泰西画记》）。上文已经说到，不但季子，季子之子竟也"喜兴作"，自说"室庐器皿多于他物"（《析产序》，《魏昭士文集》卷三）。倘若生在近代，魏氏一门或许竟会以建筑、园林设计名世，也未可知。

同一时期，流寓苏门的孙奇逢及其家人，却"竹户绳床"，"长枕大被"（《榻铭》，《夏峰先生集》卷九），风味全然不同。孙氏所写生活的朴陋，像是更近于北方大地的颜色，是居住翠微峰顶的叔子难以想象的。

赣南春早，还在腊月，叔子就已经着手"艺植"，以至"晨兴课童奴，亭午未曾息"（《乙巳正月雪中送门人熊颐归清江》）。他自己说"生平僻于花，于桃尤甚"（《树德堂诗叙》，《魏叔子文集》卷九）；还说"兰花吾爱汝"（《过刘氏竹园同林确斋骆樵客江玉仲》，《**魏叔子诗集**》卷六）。朱彝尊"性癖好竹"，说竹"有君子之守"，且"类夫豪杰之士"（《看竹图记》，《曝书亭集》卷六六）。叔子癖好桃花，与操守与豪杰都扯不上关系，不过癖好而已。这份情欲使叔子的心柔软，尽管看起来与"志士"不大相称。

颜元的高弟李塨"闻卖桃，动嗜心，既而曰：'一桃之微，可以丧身。'止之"（《李塨年谱》第7页）。魏氏兄弟决不会因嗜食桃子而自责，他们毋宁说是得意于这项嗜好的。

彭士望对叔子的热中于园林庐舍不以为然，认为"吾辈"癖此，器识即难以远大（《与魏凝叔书》，《树庐文钞》卷二）。叔子本人也微有不安，说自奉不能约，非处乱世苟全之道（《苟全居铭为彭立斋作》）。事实上，却并不真的愿意放弃凡俗之人的人生快乐。叔子在对他自己的情欲的既自嘲又辩护中，保存了他的"吾"；在对季子"吾庐"的诠释中，维护了别人以及他自己的"吾"。他承认自己"嗜欲深重，所谓耳目之于声色，口于味，四肢于安逸者，皆不能自克治"（《答施愚山侍读书》，《魏叔子文集》卷六），却未必真的打算"克治"，未见得不以"真率"自喜。

叔子的快乐仅由他的文字也不难感到，那文字是明亮的，没有格格不吐的艰涩，也少有晦黯不明的隐喻、暗示。方以智所欣赏的"真气"，也应当包括了这种虽严肃而不失自然的生活态度的吧。

　　叔子内心的柔软，在对其"内人"的态度上，有更细致的表现。

　　也如自说喜爱桃花，叔子不讳言"儿女情"，并不以为这情即与"英雄气"有妨。他的诗集中与其"内"有关的篇什，足以令人想象伉俪情深。

　　叔子好游，羁旅异地，"空闺"里的病妇，令他牵记不置。他会在诗中对她说："汝病春常剧，凭谁验药方？"（《春早发翠微余欲轻装内人劝余重茧曰寒思吾言却寄二首》，《魏叔子诗集》卷六）他会在月明之夜因怀念病妻，而不忍闻秋虫的悲吟（同卷《申园杂兴》）。他也曾于暮雨中瞥见溪上的桃花，因遥怜其妇而黯然伤神（同卷《寒雨见松间桃花感内人病》）。甚至西湖逢七夕，也不免要念及内人当此夜的形单影只（《七夕寄内》）。

　　叔子说内人"粗通笔墨"，未必不解风情，只是因了未曾生子，且一向善病，辗转床榻，自己又常常出行在外，不能夫妇唱和，"闺房之际"，不无缺憾（《娱墨轩遗诗叙》，《魏叔子文集》卷九）。

　　但由叔子的文字，仍然难以想象这对夫妇日常生活的情景，比如令人无法知晓其夫妻关系何以竟招致了易堂上下的不满。彭士望《与门人梁份书》关于叔子，说："易堂之友与其伯、季、诸子、门人，率以其服内太笃，待之太过，白璧微瑕，乃在于是。"彭氏甚至写了数千百言的长信"规责"他的朋友。所谓"服内太笃，待之太过"，指的是惧内，还是过分甜蜜、缠绵不已？由文字看，叔子似乎不曾辩解，或许只是用他的顽固作了回答。直到这妇人"饿殉"了叔子，那些指摘叔子待其"太过"的朋友，才无不"神耸心折"，彭氏甚至"即柩前拜为女师"（同上）。

叔子妇的殉夫，也如在此之前伯子之子的殉其父，在易堂历史上，均不失为重大的伦理事件。此妇之殉使得叔子的亲友又有了一个机会，为叔子的道德感召力找到证明。由遥远的事后看去，这一再的"殉"，为易堂历史涂染了血的惨烈颜色。季子却以其嫂的死为荣，说"此寒家大不幸中稍足纪述者"（《答施愚山侍讲书》，《魏季子文集》卷八），甚至以之为"不幸中之幸"（同书卷九《答彭子载》），令人不禁想到《儒林外史》中的那个王玉辉（参看该书第48回"徽州府烈妇殉夫，泰伯祠遗贤感旧"）。魏氏兄弟伦理意识的迂陋，并非仅见于此。叔子、季子固然可爱，一旦遇到这类题目，却又面目可憎。

在我想来，易堂中人不能谅解叔子对其妻的缠绵，倒未见得真的以为不合于礼，更可能认为大英雄不当如是。由此也不难察知易堂内部关系中的紧张性，密集生存与相互监督对于私人空间的挤压。或许当谢氏作出绝食这一重大决定时，正是那些关于她的非议，暗中激发了她？

有理由相信，众目睽睽之下，翠微峰上的这妇人，她的孤独与寂寞是无边的（叔子《新城道上》："独舍依寒山，旷若弃中野"）。她所承受的压力，包括了不曾生

子。叔子因此而"置婢妾人凡四五"（《祭亡女文》，
《魏叔子文集》卷一四），却仍然未得一男半女。"完美
主义者"的叔子，志在"弥缝"天地，却有如此重大的
人生缺憾，情何以堪？我在下文中还将说到，叔子之妇
的鼓励丈夫远游，也为了便于他纳妾——那个时代被公
认的贤德妇人，往往有如此这般的"明达"之举。叔子
却还要危言耸听，说其妇性情的"躁"有妨生育，有
"如彼炎方，草木枯死"（《躁戒（示内作）》，《魏叔子
诗集》卷一）云云，要她去其"傲刚"，勉为"和顺"，
毫不犹豫地将不育归过于其妇。真的想不出那妇人该如
何忍受。由此看来，叔子看似完满的夫妇一伦，未见得
没有罅隙。

此外你难以想象的还有，这性情刚烈的女子，如何
处置与那婢妾四五人的关系——叔子之妇内心的凄苦，
怕是无可告语的吧。

25

叔子关于他的嗜好的表白，令我对于诸子的经济状
况发生了兴趣。

由彭士望的《易堂记》所载各项禁约，可以想象丙
戌、壬辰之间，诸子在翠微峰上的"共同生活"所达到
的程度，你却仍然难以具体地想象诸子在日常生活层面
的相互关系，比如他们是否"通财"。彭士望曾说他和
欧阳斌元、王纲交，"有无通"（《书欧阳子十交赞
后》），却没有说与叔子一班人是否也能如此。彭氏说他

"佣魏伯子田，为隶农自给"（《耻躬堂文钞·自序》）——是"佣"，并非无偿地占有。季子之子世俨"售"曾灿旧居（《虚受斋记》）——也是"售"而非无偿地转让。诸子遗存的文字中，我没有看到关于互通有无、彼此接济的记述。倘若情况的确如此，是否可以认为这群士夫即使在亲密的交往中，也不曾忽略人我分际，未失冷静的分寸感？"真气"固然，但"真"非即天真烂漫。

诸子关于他们的生活来源，有一些零星的记述，尽管也如其时士夫通常的那样语焉不详。除外来的彭士望、林时益外，其他诸子均应有田产。彭任自说略有田产，"不复能别治生以长尺寸"（《分产示三子序》，《草亭文集》）。至于曾灿，叔子说其人"或自课耕以食其所获，或浮沉乞食于江湖"（《曾止山诗序》），即以田产与游幕为衣食之资。

李腾蛟曾在三巘峰授徒。他在诗中说："嗟予寡陋，即席半庐。环以花竹，中授生徒。"（《泮水》，《半庐文稿》卷三）叔子也说到他和季子、彭士望曾授徒新城（《涂宜振史论序》）；还说自己授徒山中，"不能不教人作举子业，出处无据，自笑模棱耳"（《与金华叶子九书》，《魏叔子文集》卷五）。

据曾灿说，陈恭尹"擅计然之术"（《与陈元孝》，《六松堂诗文集》一四）。叔子连"耦耕"也不以为然，更不必说"货殖"。他于授徒外，兼以卖文。他后来的出游，由谋生的角度，就包括了兜揽生意，自说不免

"求取猝应"，"动多违心"（《答施愚山侍读书》）。施闰章《寄祭魏叔子文》，也有"高言可市，卖文已多。心枯腕脱，寝就沉疴"（《施愚山集》文集卷二四第471页）几句。季子于授徒外，接受过浙江巡抚范承谟白金六百两的馈赠，曾出贷，权子母（《析产后序》，《魏季子文集》卷七）。而彭士望于"躬耕"、授徒、卖文外，尚从事"相地术"（《与陈君任书》，《树庐文钞》卷一）——差不多包罗了其时士人除仕宦外的主要谋生手段。

诸子中，曾氏、魏氏，称邑望族，资产可观。乙卯那年，即山居三十年后，叔子曾向晚辈说起，明亡前其家"殷富，有余田宅，衣食甘美过今日远甚"（《诸子世杰三十初度叙》，《魏叔子文集》卷一一）。但由文字中看，与东南世家著姓仍不能比拟。关于曾灿，其婿魏世俨则说，"数十年来，人所赠遗及家所故有，手挥掷白金万千百两"，不肯"以家人生事为念"，致使妻子有"继日之忧"（《同蔡舫居祭外舅曾止山先生文》，《魏敬士文集》卷六）。由家世、经济状况看，"九子"中的多数，可以看作"平民知识分子"，这一点由他们的诗文也得到了证明——与东南名士、贵游子弟确有气象的不同。即门人亦然。《梁质人年谱》说梁份"家世寒微，自占籍南丰，历七八世，中间将仕郎三人耳，曾未有一为郡邑诸生者"（第1页）。

涉及财产，魏氏兄弟每有极脱俗的思路。叔子说他曾与季子讨论"用财"，以为"至亲骨肉及一体朋友处，

不敢施鄙吝，并不敢施慷慨"（《里言》）。由叔子的行
为看，其不敢施慷慨，决非不愿施救助，而是出于对他
人的尊重。他还说："与常人共财，当自损以让人；与贤
人共财，均平而已，此方是忠厚尽处。"（同上）其中的
道理，怕不是今人都能理会的吧。叔子的这一思路，与
下文中将要写到的他由徐枋、李天植那里所得启示，是
一致的。士人由"取与"之道，发展出了与"施与"有
关的极精微的思想，以为取与、施与都关涉道德与尊
严。这一种精致的逻辑，在现代人这里，已然陌生了。

　　关于"三魏"之父魏兆凤，彭士望、邱维屏都有记
述。此人与本书有关的最重要的事迹，即为他的三个儿
子分割财产。魏兆凤有《书三子析产后》（《魏徵君杂
录·附录》），是与理财、用财有关的训示。季子为他的
两个儿子分割产业，也效法其父，有一篇"析产论"，说
世俗所以为的"薄产不足以遗子孙"、兄弟无争不必析
产云云，都非"通论"（《二子析产序》，《魏季子文集》
卷七）。而季子之子，则重演了"三魏"相让的故事（季
子有子三，其一为叔子后）。季子还曾应其子之请，详细
叙述了魏氏的财产状况，说他的那点"薄产"虽"微
末"，"然非此不足成故吾"（《析产后序》）。季子的两
个儿子世侾、世俨不愧其父的肖子，也分别为其子析
产，撰序，自述所历艰辛，以为训诫（见《魏昭士文集》
卷三、《魏敬士文集》卷三），俨然家风。只有置诸仍在
延续中的宗法社会的背景上——即如官方对于"累世同

居"的所谓"义门"的表章——上述家风才异乎寻常。邱维屏死后，其妇（即"三魏"之姊）"举所有产著之册"，以授其子，并命季子作序（即《邱氏分关序》），即使"区区之产"，也"条例缕分"，不厌其详。由此也可以解释魏氏的处朋友：朋友不妨亲如兄弟，但兄弟本不意味着财产共享。

由父辈主持为其子分割产业，当其时，应当并不罕见，真正异乎寻常的，倒是发布"析产声明"，且一论再论，以此表明了析产并非不得已，而是基于清明的理性，出自主动的安排。由其时士人文字流通、传播的惯例看，魏氏两代人关于析产的论说，已不仅仅是家族文件。

魏氏兄弟对待财产的透彻的理性，无妨于情感的缠绵。宁都并非商业文化发达之区，那份理性，不便径直用了经济生活中的变化来解释。由文集看，季子的三子也颇"怡怡"，像是没有发生"失和"、"阋墙"一类事件——未始不也多少因了父辈的榜样。应当说，析产，参与构成着魏氏兄弟的故事的背景。为时人所艳称的"兄弟怡怡"，背后隐现着一个明智的父亲的影子。

由季子《析产后序》、《二子析产序》、魏世俲的《析产序》可知，当初三魏之父魏兆凤析产，授季子产千石。季子析产，其二子世俲、世俨"各得百八十有六石之田"。到世俲主持"析产"，其三子各得田百五十石——田产递减，愈"析"愈细，或许可以作为因田产一再分割、士人的经济状况变化之一例。

当然，判断诸子的物质生活状况，不便仅据他们本人或相互间的描述。其时有参与聚居的危习生其人，叔子曾极写其生活的拮据的，据林时益的诗，其人经营有造纸作坊，"主仆工佣"二十人（《癸卯初夏习生四十初度作此贻之》，《朱中尉诗集》卷二）。文人当做文章来作的，与事实的出入往往难免。

我试着想象诸子日常的衣履。叔子有"棕鞋茶杖笋皮冠"的诗句（《春日即事》，《魏叔子诗集》卷八）。由魏叔子、彭士望的文字看，诸子踏冰雪、行雨中，均"蹑屐"，平日或也如野人的着草鞋，他们的子弟有时就赤了足，在布了青苔、水迹的山石间攀援。季子的文字中一再提到他本人及门人的"跣足"。

叔子晚年致书伯子、季子，说当他的兄弟辛苦劳碌之时，他自己却"独食饮、被服缓带、蹒履"，不免于心不安（《寄兄弟书》，《魏叔子文集》卷六）。看来，即魏氏兄弟，"蹒履"也嫌奢华，以至叔子不忍独享。在叔子的其他文字中，也可见"蹒履"的字样，那应当是一种正式、郑重的装束。叔子曾自忏其"服用"的"侈"，甚至梦到故去的父亲的指摘，令他"悚息"而"涕下"（同书卷七《与杨御李进也》）。由他的文字看，其"服用"较之东南名士，实在是小巫大巫。

走在山路上，我想，这些石磴是否曾有本书中的人物踏过，那些着了屐或草鞋的脚？

　　我想触摸那生活的质地，而诸多物质细节，在无论叔子还是彭士望的记述中都被忽略了。这里自然有书写中的选择，写与不写，可写与不可写，以及无须写、不必写。无论古文还是时文规范，都不免要排除琐屑的日常性。至于叔子，显然陶醉于诗情，而不肯破坏意境的完整。他们所要叙述的，是完美无缺的关于友情的故事，这故事像是无须物质依托也能进行的。

宁都·翠微峰(二)

26

由翠微峰往山下走，应当是愈近城市，愈见烟火人家。由季子《西门》(《魏季子文集》卷二)一诗可以知道，由宁都县城到翠微峰，途中有水流、僧院。那水即龙变溪。也是在事后，想到，我本应走这一趟，由宁都到翠微峰，或由翠微返回宁都，而不是乘了汽车——尽管走在路上，所见必与诸子当年不同。

魏禧经了十六七年的山居，壬寅(康熙元年)前后，决定作吴越之游。

季子说叔子丙戌居翠微后，"岁惟清明祭祀一入城而已"(《先叔兄纪略》)。乾隆六年刊《宁都县志》卷六《人物·隐逸·魏禧传》，也说其人甲申后隐居，"非祀祖不入城市"。事实却是，涉江逾淮之前，叔子不但参与清明的祀祖，且曾授徒新城，过瑞金，居雩都，还曾赴赣州，试图为杨廷麟迁葬。叔子授徒的水庄、曾灿"课耕"的六松草堂，都临近县城。上述《宁都县志》

同卷说彭任"足不履城市",却又说彭氏曾访谢文洊于南丰的程山,"未尝再适他域";孙静庵《明遗民录》采用了这说法(第 209 页)——但南丰也是城市。星子的宋之盛,据说"足不入城市"的,也曾访谢氏于南丰。以宋之盛、彭任自律之严,仍不免一入南丰,也证明了此种戒律的难以严守。

其实诸子入城的理由很多,比如治病,或看护病人。曾灿诗集中有《城居侍家大人病因柬易堂诸子》(《六松堂诗文集》卷六)。叔子后来因其妇缠绵病榻,为方便就医,"徙宅于近郊"(《祭涂母邓孺人文》,《魏叔子文集》卷一四。按近郊即水庄)。李腾蛟晚年因目疾而致盲,也曾一度住在宁都城中(《跋书归去来辞》,《草亭文集》)。城市的不能不入,还因了生计。"吾庐"落成之时,季子就说过,自己虽"志乐山居",却因"饥来驱我",不得已而"屑屑走市"(《与刘长馨》)。直到晚年,他还说"最爱山居好",却不免要"三旬五入城"(《偶述》,《魏季子文集》卷四)。

抵达宁都的那天下午,我们曾到了叔子的水庄学馆,在据说是原址的地方,看到的是农舍与废墟,有鸡在草丛中觅食。

那一时期士人所说的"城/乡",不消说暗中对应了"清/明",由今人看来,其意义更在象征层面。黄宗羲曾质疑伯夷、叔齐的"不食周粟",其人决不会以"不入城市"自限其行动,是无疑的,却无妨于后世依然以"不入城市"者为标准遗民,甚至在为遗民撰传时不屑于"夷考其实"。

显而易见的是，叔子的这次经了渲染的出游，无论在他本人还是由旁人看来，都不同于在宁都及其周围的城市走动。何以不同，叔子并没有解释。由事后看来，壬寅、癸卯的江淮吴越之游，不过更加激发了叔子对于通都大邑的兴趣而已——到丁巳（康熙十六年），他前后已五至扬州（《程翁七十寿叙》，《魏叔子文集》卷一一）；甚至病逝的那年，还到过南昌、南京、吴门（苏州）、无锡。叔子在这一点上，像是并没有遗民通常会有的那种洁癖，他对于城市，倒是别有期待。他说："隐当为太公，不当为伯夷。择地钓渭水，乃为西伯师。"还特意指出，庞德公、诸葛亮当未出时，所处均为"都会地"，因此才多有豪杰相从（《咏史诗和李咸斋》，《魏叔子诗集》卷四）。或许可以认为，富于生机的城市，本来就更契合叔子的性情。

其时曾有孙无言其人，声称将归隐黄山，用了这名义遍征诗文，却滞留扬州十年不作归计，令一时知名之士有上当之感。叔子立论却别出心裁，他的那篇《送孙无言归黄山叙》（《魏叔子文集》卷一〇），说孙氏非但不必归隐，且正应当待在扬州，以便结识、招揽天下志士。文人作文，求出奇制胜，叔子的话，不必都当真；但这番议论，却不无真意。伯子也以自己的体验为根据，对孙无言表示了体谅（《赠孙无言归黄山序》，《魏伯子文集》卷一）。

王猷定说，殷人曾在商馀山避周以至于避秦，那却不是遗民惟一的选择；只要"意中常作此山想"，无论是否隐居，甚至其山之有无，都无关紧要（《徐中说》，《四照堂集》卷一二）。山林固然可隐，闹市也未尝不可隐——王猷定这样的遗民，也就以此"解放"了自己。

遗民传状中"不入城市"、"不入州府"的字样，毋宁说表达了公众对于这一族类的期待。"遗民形象"也难以避免"标准化制作"。身为士人而不入城市，本是极难的事，却被人说得太容易了。

丙戌居山之初，魏氏兄弟曾有过一次堪称重大的抉择——是留在山上，还是出而"应世"。所以重大，因为关涉身分：留在山上，即选择为遗民（当然这身分在此后的岁月中也可能更改）；出而应世，则多少意味着放弃遗民身分。叔子、季子选择了前者。

到叔子准备出游吴越的壬寅这年，永历已死于吴三桂之手，两年后（甲辰），张煌言就义，虽郑氏在台湾仍奉永历正朔，事实上抵抗运动已大致平息。叔子这一年决定出游，自然是经了深思熟虑的。当此时王夫之已避居湘西，黄宗羲正在撰写《待访录》。这一年顾炎武在北中国，曾出古北口，往蓟州，又曾谒北岳恒山。其《五十初度时在昌平》一诗中，有"远路不须愁日暮，老年终自望河清"句——遗民中的顽强者，心也还未死。

不止入不入城市，如叔子这样的入山、出山，在其时也不免有繁复的政治及道德语义。叔子、季子当年的选择山居，即示人以坚持甲申之际的政治立场。既然那时以入山为拒绝甚至反抗，那么局势稳定后的出山，无论是出应世务，还是如叔子这样的出游，都不免有了严重意味。当此之际，遗民的"心防"不可能不遭遇重大冲击。一入一出，的确也构成了易代之际一部分士人人生的两个段落。倘若想到十八年后叔子死于道途——彭士望的说法是"野死"，未尝不可以认为，这一"出"参与铸成着他的命运：出山在叔子，含义岂能不严重！

城／乡（包括山）的道德意义，甚至不待"易代"才有。尽管有明一代城市、商业有了大幅度的发展，保有洁癖的士人，仍然坚持以城市——尤其商业繁荣的城市——为"浊世"。因而叔子下山前的精神准备，还包括了准备着涉足浊世。他一再提到杜甫的诗句"在山泉水清，出山泉水浊"——事关"清浊"，意义岂能不严重！晚年的季子，也引了杜甫的这两句诗，说每当还山，即觉"真趣自多"，而"每下至山麓，面目渐换"（《答李元慈》，《魏季子文集》卷九）。至于伯子的出而"应世"被描写为"自污"，也应当既指与异族的权力者交接，也指踏入城市这浊世。伯子自己也说："一自入城郭，竟如投网罗"（《杂兴》，《魏伯子文集》卷七）——可以作为人受制于自己制作的文化符号、自己的文化想象的例子。

明末名臣孙承宗早就说过，"士一涉世，真气渐靡"（《应天乡试录后序》，《高阳诗文集》卷一一）。本来，"真气"也赖有某种隔绝，包括对于东南名士文化较少沾染。何况"易代之际"！彭士望对张自烈说，听说他虽然"久居南都",却与居山时无异,很感欣慰(《与张芑山书》,《树庐文钞》卷三),是包含了委婉的批评的。颜元对于北方名遗民刁包的涉"世局"——虽不过"世局中微有点染"——也不以为然,劝其守"闭户之哲"(《答刁文孝先生》,《颜元集》第 432 页)。季子倒另是一种思路。他权衡了出与不出之间的得失;在他看来,不出固不免"封己",出又要冒"失己"的风险,尤其由江西这样"地瘠而民朴"的地方走出去,到"大国名区、人文辐凑之处",更有可能失掉了本有的质朴(《孔英尚文集序》,《魏季子文集》卷七)。由此看来,出、不出各有其弊,像是没有绝对无弊的选择。

道德人格的坚守,是遗民生存的一大主题,为此不能不斤斤于清浊之辨。陈恭尹有《独漉堂集》。梁佩兰所撰陈恭尹传,说陈氏"晚号'独漉',更以明其不忘忠孝之心"(《独漉堂集》)。叔子写《独漉篇》,却有"独漉独漉,水深泥浊;水深尚可,泥浊污我"等句,显然寓有微讽。其《后独漉篇》更明白地自注曰"为友人作",也以"独漉独漉,水深泥浊"起兴(《魏叔子诗集》卷一)。乱世中人确也像是易于点污。黄宗羲记江右人物陈弘绪(士业):"庚子,余遇其舅氏于舟中。寓书士业,答曰:'吾非故吾,若有惭德,何也!'"(《思旧录》,《黄宗羲全集》第 1 册第 366 页。按此节标点似有误)劫后余生,残破的确也不只是山河。

即使有如上的风险,甚至更大的风险,叔子也一定会出游的。他必有此"出",他不可能如王夫之,他不具有王氏那种"用独"的思路。他的热烈，他急切的用世愿望，都注定了他不可能、也不宜于在那山中坚守。

叔子本来就认为"遁非君子所得已"（《诗遁序》，《魏叔子文集》卷九）。他不甘以"处士"自限，在写给门人的诗中，明确地表示，要"勉率二三子，洗我处士声"（《赠门人孔用仪五十》，《魏叔子诗集》卷四）。他向远在岭南的陈恭尹说："士君子生际今日，欲全身致用，必不能遗世独立。"（《答陈元孝》，《魏叔子文集》卷七）他对他的座师解释道，出山之际，他想到的是，"闭户自封，不可以广己造大"（同书卷六《上郭天门老师书》）。同样的意思，他在其他场合也说过，比如说，"闭户穷山"，难免会"封己自小"（同卷《与杭州汪魏美书》）。大致同一时期，顾炎武也说过类似的意思，如曰"独学无友，则孤陋而难成；久处一方，则习染而不自觉……若既不出户，又不读书，则是面墙之士"（《与人书一》，《顾亭林诗文集》第90页）。出游在这里，被作为了士"成学"的条件，也即士自我造就的条件。由此看来，"出"固然有点污的危险，由另一面，未始不可以看作突围——由遗民的自我锢闭中的突围。

魏氏兄弟本不脆弱，并不真的那么惧怕浊世，甚至不惜有所点污、沾染——倒更可能出于道德自信，以及不无夸张的使命感。"沧浪之水清兮，可以濯我缨。沧浪之水浊兮，可以濯我足。"伯子就曾在诗中用了挑战的口吻说："被发坐磐石，濯足向清溪。虽有清浊殊，达者无不宜。"（《古诗》，《魏伯子文集》卷七）叔子原属于那样的一种人，需要随时为自己的行为确定意义，对抗浊世，不也有一种意义？

叔子说，他为了此行，改换了自己的形象——至少他自己提供的叙述如此。他的说法是，"贬服毁形为汗漫之游"（《与熊养吉》，《魏叔子文集》卷七），似乎暗示了其在翠微峰上，以至在附近的城市走动时，所着仍然是明人衣冠。这并非不可能。明遗民中确有一些人，是用了各种方式，保持了明人模样的。季子说李腾蛟授徒山中，其弟子来学者，"皆衰（应为褒）衣篝冠"，李氏本人则"三十年未尝著时服"（《宁都先贤传》）。由叔子《桃花源图跋》看，山中人着的是"野服草鞋"。

叔子出游八九年后，在扬州，有人为他画山居像，穿戴的是"宽博"的明人衣冠，叔子叹为"绝似"（《看竹图记》）。那么出山，就意味着对遗民所坚守的这一部分的放弃。剃发与着时装，在叔子，不可能全无痛楚。他曾用了嘲谑的态度，写伯子之出，"辫发被红缨，秃领学时服"（《赣江呈伯兄》，《魏叔子诗集》卷四）。倘若叔子本人真的直到壬寅下山前才有一剃，当剃刀在头顶上回旋，"受之父母"的长发纷然落地之时，这敏感的书生，一定会有一份惨伤的吧。出山的代价自然不限于此，但那散落的长发，是具体可见的，不由人不心痛。由叔子的《季弟五十述》可以知道，季子出游先于叔子，己亥就已经"下江南"；叔子的迟迟不远行，除了体弱外，是否也因不忍舍弃明人的"楚楚好衣裳"？

曾灿说："畏静不住山，畏喧不居市。"（《吴阊秋怀……》，《六松堂诗文集》卷二）士夫选择之难，有时确也在这些地方。山（乡）、市都不可居，又到哪里去呢？叔子于此，有了他的对策，即"居山须练得出门人情，出门须留得还山面目"（《答陈元孝》）。

事实是，明亡后一度自我禁制的遗民，在时间中不可能绝无迁流。即如陆世仪的弃乡居而入城市，陈瑚的离开蔚村。"土室"、"牛车"作为象征，也有其时效的吧，那一些细小的变化正无怪其然。

27

叔子本富于想象力，对于女色，固然能"凿空"想象，对于山水，当出山远行之前，早就在"意游"（《送木大师游武夷》，《魏叔子诗集》卷四）——体质孱弱而心性活跃的人物，常常会发展出这一种能力。对于吴越这人文渊薮，叔子是向往已久了。

一旦真的下了山，叔子也就对江淮、吴越一游再游，一发而不可收。他自己说"泛彭泽航太湖者逾十反"（《陈介夫诗叙》，《魏叔子文集》卷一〇）；还说自己"伏处山中几二十年，出游东南交天下之士亦几二十年"（同书卷八《赖古堂集序》）。他曾登燕子矶，独上危亭，对茫茫大江，赋了"不知故国几男子，剩有乾坤一腐儒"（《庚戌九月雨后重登燕子矶见伯季旧题怅然有怀》，《魏叔子诗集》卷七）的诗句，心境的苍凉可知。

熊开元记方以智的游，"肩大布衲，游行即以为卧具。别无鞋袋、钵囊，亦复不求伴侣，日数十里无畏无疲"（《青原愚者智大师语录序》，《榮庵别录》卷一，转引自《方以智年谱》第178页）——方氏以贵公子为僧而耐劳苦如此！这样的游，叔子显然不能。叔子出游，是有僮仆服侍的，决不至于如方以智那样辛苦。

季子意气豪迈，有犯难涉险的勇气，叔子不堪劳顿，有时就只能望洋兴叹。他听季子讲述自己登华山绝顶，"日月从两耳升降，视黄河如袜带委地下"，竟"精神惝恍者久之"；当他自己游庐山五老峰，也会"惊怪狂叫，木落石坠"（《闵宾连游庐山诗序》，《魏叔子文集》卷九）——尽管久居山中，叔子兄弟仍能被山的气势所震慑。叔子也曾遭遇过大风浪，舟中皆无人色，他却"倚舷而望，且怖且快，揽其奇险雄莽之状，以自壮其志气"（同书卷一〇《文瀿序》）。这的确也像叔子的神气。

出游而特重江淮、吴越，未始不包含一点虚荣。士林的人伦衡鉴，一向赖有吴越名士的月旦品藻，而"声名"与"声气"从来相关。"社交"在有明一代士人生活中，至为重要。直到本书所写的时代，社交圈仍有可能意味着其人的影响力所能抵达的边界。至于个人声望的扩张，的确要凭借尽可能广阔的交游。叔子在东南之行中，验证了自己以及易堂的影响力。他自己说客西陵时，海宁陆嘉淑（冰修）听说他是江右宁都人，"特过湖庄访所谓'易堂'者"（同书卷七《与高云客》）。以江右僻邑人士而为江南名宿所知，的确是件值得夸耀的事。对于叔子东南之行的成效，朱彝尊也看得很清楚。朱氏说："叔子居易堂读书且二十年，天下无知叔子者。一旦乘扁舟下吴越，海内论文者，交推其能，若竹之解于箨而骤干夫烟霄也。"（《看竹图记》）

东南之行被叔子所以为的成就，更在结交了诸多"天下奇伟非常人"（《费所中诗序》，《魏叔子文集》卷九），其中就应当有归庄、姜垛、徐枋、恽日初、吴任臣、孙枝蔚、沈昀、万斯大、叶奕苞、李清、李天植、黄子锡、汪沨，以及阎修龄、阎若璩父子等，其中多有遗民。他曾踏月访友，说那晚好月亮，"衢巷如水"（同卷《一石山房诗序》）。壬子那年中秋，则与友人虎邱观灯，听度曲，故交新知，对月石上，"观者如堵"。叔子当场吟咏友人所作的诗，"为激楚之歌，人声无哗，木叶欲下"（《虎邱中秋谶集诗序》）。想来虎邱的月色，较之翠微峰自有不同。叔子未必不喜欢这种气氛。

令他遗憾的，倒是出行晚了一点。他说自己居翠微峰的二十年间，"海内耆旧凋落殆尽，往往不得识面"（《书禹航三严先生崇祀录后》，《魏叔子文集》卷十二），因而也就愈加汲汲，如恐不及。吴越人物，本不乏光彩照人者，叔子终于有了更多的机会，体验优秀人物之间的相互吸引。

其间与汪沨的结交，也如在宁都的结交谢廷诏，在叔子，是得意之笔。

汪沨（魏美）是其时东南著名的高士，行踪飘忽，应当属于那种以游为隐的一类。朱彝尊说其人"高踪苦节，人所难堪"，自己曾访之于大佛寺僧寮，"竹榻芦帘，不蔽风雪，坐间欲留予啜杯茗，则瓦炉宿火已销，一笑而别"（《静志居诗话》卷一九第 581～582 页）。黄宗羲所见的汪氏，"匡床布被之外，残书数卷，锁门而出，或返或不返，莫可踪迹"。据黄氏的记述，其人或许是遗民中严守了"不入城市"的戒律的一个（《汪魏美先生墓志铭》，《黄宗羲全集》第 10 册第 382 页）。

叔子客居西湖时，汪沨正"进退无常，不可踪迹"。叔子听说他到了湖上，即托其弟转致书札如下："魏美足下：足下知仆至，意当倒屣过我，顾以常客遇我，足下则可谓失人。"这书札实在气势夺人，而汪氏也就为其所"夺"。据说沨得此书札，"辄走舍馆相见"（《高士汪沨传》，《魏叔子文集》卷一七）。据叔子说，汪沨为人"落穆"，"性不好声华"，当其时有"汪冷"之目；既见叔子，"卧谈至鸡鸣，或更起坐，不肯休"（《与杭州汪魏美书》后自记）。与汪沨这种名士交往，叔子的那封书札，或许可以看做技巧的成功运用。他其实深谙这一流人物的心态，对自己所取方式有明确的效果期待，因而相互吸引中，又未始不包含了"征服"的快感——尽管不能如季子似的寻访友人到华山绝险处，叔子求友的顽强，于此也可见一斑的吧。

遗民人生，本是一片衰飒的风景。叔子游江淮之时，东南遗民多已入老境，当日的抵拒、抗争，已像是前尘往事。面对这片风景，难免不生出苍凉之感的。叔子自说所交东南之士，"恒散伏草间，或灭迹穷山深谷，不求知于人，人亦不得而见"（同书卷二二《书罗饭牛扇面》）。其中最令他凄然的，或许是康熙十年（辛亥）的访李天植。

李天植，明亡改名确，字潜夫，人称"蜃园先生"，《鲒埼亭集》卷一三有《蜃园先生神道表》。明清之际南北遗民中，有过不止一名"饿夫"，李天植算得一个，他的贫以及甘于饿，是出了名的。叔子见到其人时，李氏已经是八十二岁高龄的老人。据叔子说，李氏"家奇贫，无子，又病疝气，不能二三百步行，久坐下坠，常日仰卧读书。门无三尺之僮，厨无爨婢，独老妻在室，頯然相对"（《与周青士书》，《魏叔子文集》卷六）。叔子到其家，见李氏蹒跚"执杯茗，不能具饭饭客"，惆怅不已，即在太湖舟中作书，"欲联数同志，为挨月供"，甚至作了具体的设计，邀周篔（青士）主持其事。这书札后有叔子次年（壬子）所记，说他事后在山中访徐枋，徐氏说，只怕李先生不接受他人的接济。"君子爱人以德，君力所不及，听其饿死可也。"李天植即于次年三月弃世。"听其饿死可也"，确也像以"苦节"著称的徐枋的口吻。在徐枋看来，李天植的饿以至饿毙，不过"求仁得仁"。徐氏的这番话竟使叔子感到了震撼，叔子说自己"且痛且愧，真浅之为丈夫也"。令今人费解的是，何以张罗救助，就"浅之为丈夫"了呢？

读了这篇文字，我却不能不有另一番惆怅。在我看来，"頯然相对"的老夫妇中，老妇的处境，较其夫更凄苦、绝望。为了保全节操，自己饿就是了，老妻也陪着挨饿，总觉得近于不情。读了这故事，不能忘的倒更是那老妇。

丁巳（康熙十六年）孟夏在吴门，叔子曾寓红板桥南楼，据他自己说，"宾客早暮至不绝，每夜断灯火上，始得从容盥漱者几二月"。其时有华子三者，得叔子的诗，捧读而泣，"哭二日夜，两目尽肿"。送叔子到船上，子三"哭不能起"，以至令叔子想到"赵景真一见嵇叔夜，千里追逐，狂病阳走"，尽管他也自谦不能当此盛意（《华子三诗叙》，《魏叔子文集》卷九）。也是在这一时期，叔子结交归庄，据说每当叔子要"束装行"，归庄就"涕泣"以至"失声"（同书卷一四《哭莱阳姜公崑山归君文》）。倘若这类记述不曾夸大，那么叔子令人依恋之深，无论山居还是出游，都得到了证明。叔子本人也长于描述这种场面，不厌其细，笔墨间不无陶醉。令吴越人士为之倾倒，或许已超出了他的预期。

彭士望《魏叔子五十一序》说："魏叔子庚戌间再游吴越，人传诵其文章，谓为南宋来所未见，求之者无虚日，日削版待之，朝成夕登，即日流布；海内所推一二耆旧大耄之老，争识面引为忘年交。士无识不识，皆知有宁都魏叔子。"一些年后，彭氏为"三魏"后人的文集作序，还说到庚戌那年的除夕，叔子"归自淮扬，文名大震，一时钜公尊宿，或云数百年所未见，人得其篇牍，咸珍异藏弆以为荣"（《魏兴士文序》，《树庐文钞》卷六）。庚戌那年叔子四十七岁。由叔子这一时期的文字看，他本人也自待不薄。人恰如其分地估量自己，谈何容易！

经了近二十年的游，不消说志意日广，见闻也日增。但我所读过的东南人士的文字，与叔子有关的却难得一见，因而无从推测那些文化过熟的吴越人士，是否真的由这来自赣南的书生身上，感受到过山中的清新之气。可以确信的是，在此期间并不曾发生过如当年与彭士望那样的遇合。

待到年过五旬，叔子虽勉力出行，意气已大不如前，自说"山居郁陶，辄思一畅生平；出门观览，壮心顿消"（《寄兄弟书》）——确也是老之已至的消息。

28

易堂诸子多有远游的经历，其中彭士望与魏氏伯、季都雄于游，季子尤其意气豪迈，渡海登山，必穷极幽邈。

叔子出游吴越前，季子就已经到过琼州（海南），渡琼海时，风浪夜作，"舟中人眩怖不敢起"，季子独起视海中月，作《乘月渡海歌》（叔子《吾庐记》）。他还曾访彭荆山于华山绝险处，攀索踏磴，"一日直上四十里"（叔子《季弟五十述》）。施闰章补充了一个细节，即季子"语从者曰：'人何必终牖下？死便埋我。'"（《魏和公五十序》，《施愚山集》第 1 册第 176 页）季子曾在行旅途中遇到鹿善继的孙子，由他那里得知了孙奇逢的消息，一时过于兴奋，竟"误触道旁枣堕驴，足挂镫，驴惊逸，碎首血出，伤数处"，也不过"裂衣裹伤复行"（《魏和公南海西秦诗叙》，《树庐文钞》卷六）。凡此，也可资考南北遗民间的信息传输与声气联络。

彭士望序季子的纪游诗，说："魏季子和公居翠微百丈之峰，有兄弟朋友文章之乐，恒郁郁不得志，气愤发无所施，则身之南海，更渡琼……"（同上）其中也应当有遗民心事的曲折表达。见诸一时士人文集的有关交游、联络的纷繁线索，确也令人觉察到平静中的激动、扰攘，犹如水面下的洄流。

季子较他的叔兄耐得水陆舟车。他自己说"少时颇习劳苦，可跣足步数十里百里……或只身无傔从，结伴走千里，典鬻衣装自资"（《析产后序》）。囊中羞涩，就不能不是艰苦的旅行。季子说，他陆路的交通工具乃独轮车，水路则多乘艓子（一种轻便的船）。杜甫《最能行》："富豪有钱驾大舸，贫穷取给行艓子。"至于夜宿，则茅檐、败席，不免要供蚊蚋饱餐。在琼州，"飓风夜发屋"，还曾"卧星露之下"（《吾庐记》）。"一晴尘集须，一雨泥灭足"（《海南道中》，《魏季子文集》卷二）。这样的游，确也非叔子所能承受。伯子、叔子去世后，像是为了验证时间的力量，季子又有岭南、南浙之游。十六年后早已物是人非，别有一番滋味在心头（《答黎媿曾观察》）。

就我所知，明代的交通状况较之前代，并无显然的改进，其时士人的动辄远游，不能不令人敬畏。至于那一时期士人联络之广、声气之相通，是交通便捷的现代人难以想象的吧。

遗民的好游或也因了遗民的寂寞，山居者的"好游动"，也正出自山民式的对外面世界的向往。一年前，我曾乘车沿了岷江，走在耸峙的大山间。靠在椅背上，被窗外绵亘不绝的荒凉的大山麻木了感觉。车中播放着音带，有女声反复吟唱着一个单调的句子："我想走出大山，去看看外面的世界。"我自以为体验到了那种压抑、羁束与挣扎、突围之间的紧张，听懂了这歌所表达的"走出"的渴望。

叔子的江淮吴越之游，论者指为从事反清秘密活动的，叔子本人揭出的动机，则是"求友"、"造士"。用了叔子的说法，即"求友以自大其身，造士以使吾身之可死"（《与富平李天生书》，《魏叔子文集》卷五）。彭士望甚至对大旅行家徐霞客夷然不屑，说其人"终不得草莽一二奇士，徒周旋名公卿间，何足道"（《魏和公南海西秦诗叙》）！

叔子相信"气不足以盖天下者，不能交天下之士"（《萧孟昉六十叙》，《魏叔子文集》卷一一）。季子的游，或许就在践行其叔兄的主张，他说自己"闻天下贤人，虽千里裹粮，窃愿一见"（《与梁公狄书》，《魏季子文集》卷八）。叔子也说其弟"所至必交其贤豪，寻访穷岩遗逸之士"（《季弟五十述》）。至于彭士望的《易堂记》，夸耀"易堂所至，大猾、武健、技术、任侠、博雅知名士、方外、石隐、词章、独行、理学，穷约显达之人"无不交，又像是蓄意搬演"《左传》时代"故事。

于"求友"、"造士"一类堂皇的大题目外，叔子的远游也另有不足为他人道的动机，如卖文以谋稻粱，如"卜妾"以冀得子嗣。他《新城九日寄内》一诗自注道："壬寅余卜妾江南，内人送行诗，有'愿言得抱子，雍雍归故乡'句"（《魏叔子诗集》卷七）。对此，上文中已经提到。

来宁都前，我曾到大庾（今作"大余"）看古驿道、梅关——季子诗中又作"庾关"。那天春雨霏霏，我们一行外，几乎别无游客。我在想象中将自己的人物安置在这一景上，卵石铺成的驿路，霉迹斑驳的关门，他们或独自，或与人同行，足音橐橐地在丛山中，是怎样的况味？回到北京后重翻季子的文集，得知他所经大庾岭上的驿道，"驵车驷马阗道途"，并不如我所设想的凄清。大约季子也如我这样，先有了一番想象，因而当看到那驿道"行来十马可齐轮"，并非险关，不禁笑虚名之误人（《梅岭》，《魏季子文集》卷五）。季子一再有岭南之游，曾"三载三行梅岭道"，说其地古松十围，他曾在松下小憩；还说只见松而未见梅，"梅岭"徒有其名（同书卷三《梅岭松》）。

方以智顺治九年曾由梅岭经过，也说该地"但有松千尺，难求梅一枝"（《无生寱·度梅岭》，《浮山后集》卷一，转引自《方以智年谱》第177页）。施闰章所见梅关，像是更其荒芜。他在诗中说："门容一骑入，人度万山来"，"蓬蒿行处满，漫说岭头梅"（《大庾岭》，《施愚山集》诗集卷二四第475页）。

大庾·古驿道

我所见庾岭，已遍植梅树，却未见古松。偶尔看到一丛映山红，绽放在苍岩绿草间，比之后来我在杭州所见大片人工栽培的杜鹃花，颜色美得远了。

要到古驿道、梅关这种所在，才能使你更真切地体验你之为旅人，你的在行旅中。我们自然不同，我们不过是游客，悠然地观赏着这路这关，知道等在半山处茶肆中的，是热情的主人。

29

季子在诗中说："慷慨出里门，寂寞归山园。"（《岭南值任道爱生日》）其实出门也难免寂寞。无论乘车马还是乘舟，当着渐行渐远，那一抹家山终于消失在了薄雾中，会有失却依傍后的空虚之感的吧。

山是有根的，水则流转无定。翠微一峰难免令人魂牵梦萦。陈恭尹说，他听季子向他说到那山："往时为我言翠微，诸峰秀出旁无依。"（《寄题魏和公吾庐》，《独漉堂全集·诗集》卷三）伯子曾在某个夏日登上金山，回望家乡，因此一念，也就在想象中渡江河，逾高陂，经此地历彼地，终于抵达了瑞金，"西距宁都未至三十里，望一峰迥然屹立，则金精之翠微也"；接下来想象自己经了纡长的路，终于入城郭，遇知交，携手同归，僮仆惊呼，兄弟稚子出迎（《潮州送屠梦破序》，《魏伯子文集》卷一）——那正是游子梦中的还乡之路，伯子温习得烂熟的路。

大庾·梅关

西行途中，季子想到了翠微，说"峰头一勺水，想亦发荷花"（《西行道上》，《魏季子文集》卷四）；因路旁山形之似，记起了留在家乡的朋友（同卷《路上有山似冠石彭躬庵林确斋所居》）。翠微峰上的叔子却牵记着行旅中的彭士望，甚至想到了彭氏在羁旅中，"独身谁与谋"（《寄彭躬庵》）；自己一旦远游，又会挂念病中的林时益（《西湖饭黄米怀林确斋兼呈主人》，《魏叔子诗集》卷六），"不胜故山之思"（《桃花源图跋》）。

诸子怀念中的翠微峰，是个绝无机阱、令人陶然忘机的小世界，其存在像是只为了与浊世相对照。也正因了远离家山，"易堂"与那段山中岁月，愈加成为永恒。

就这样，有人居山，有人出行；或此时居山，彼时出行。即如季子，以"游"扩大人格，以"居"保全面目。正因有了远游、畅游，终于有翠微峰的坚守。此游此居，无不可见其"吾"。

出行者赖居山者代为照料。彭士望有四方之游，林时益多病，"家居并督二家事"（《朱中尉传》，《魏叔子文集》卷一七）。出者交一人，居者即友其人，恨不能即刻握手言欢——即如叔子对终身未见的陈恭尹。那还是季子自"南海"归来的时候，听了季子称道所谓的"北田五子"，"同堂咸信之"，书札中"龂龂兄弟"（《独漉堂诗序》，《树庐文钞》卷六）。叔子还曾叮嘱出游的曾灿为他抄书，说"翠微石室尚足藏书也"（《与袁公白》，《魏叔子文集》卷七）。而出游者为山居者带回的，可能不止于书：叔子就曾为伯子出示的"泰西画"

所吸引（《跋伯兄泰西画记》）。山中与山外世界，也就这样地沟通着。

30

诸子既"出"，一个严峻的课题，即以何种原则处"交接"，以至"辞受取与"。

这本是一个遗民事迹被叙述的时期，仅仅已有的有关叙述，就足以使得遗民的生存充满了暗示。他们清楚地意识到自己"在历史中"。黄宗羲说，"茫茫然尚欲计算百世而下，为班氏之《人物表》者，不与李、蔡并列"（《寿徐掖青六十序》，《黄宗羲全集》第 11 册第 64 页。按班氏即班固，李、蔡应指李陵、蔡邕），所表达的，无非这一种自觉。这意识无疑使得生存紧张。明遗民很难克制对于自己行为的（从旁的）审视与评判。至于交接，即使在平世，也是士人立身的大关节，何况乱世，更何况身为遗民者！我们谈论"遗民"，那个时期被我们如此谈论的人物，通常并不以"遗民"自我指称，却未必不具有这一种身分意识。

从事自我道德人格的塑造，叔子保持了自始至终的清醒；即交接一端，就始终不失谨慎、矜重。他的说法是，"君子持节，如女子守身，一失便不可赎。出处依附之间，所当至慎"（《里言》）。他感激施闰章的知遇，却说即使有方以智的一再相招，对施氏"终不敢以野服见"，希望等到其人"解组"（因而彼此的关系有了改变），再"买舟东下，长揖匡湖之滨"（《答汪舟次书》，

《魏叔子文集》卷五）。与此情况相似，他曾与周亮工同客吴门，明知周氏爱赏他的文字，也终未一见（同书卷八《赖古堂集序》）。

叔子去世前为施闰章的诗文作序，说三十余年间，"不敢怀一刺、一启事干贵人"（同卷《愚山堂诗文合叙》）。另在致友人的书札中，说自己"出处取与间，常竞竞恐失山中面目"（卷七《与徐孝先》）。叔子也并非一味谨慎，他以为理想的状况是，既不毁"廉隅"，又不露"圭角"（《乙巳元旦得圭笺试笔》）。他并非不明白二者难以得兼。他致书陈恭尹，说"浮沉二字最是难为。浮者便浮，沉者便沉，独浮沉之间，稍方则忤人，稍员则失己"（《答陈元孝》）。应当承认，叔子的行为的确可称中规中矩，偶或行权，分寸也总能拿捏得恰到好处，决不至有违于公众对于遗民的期待。陈恭尹所以招致物议，也应因了不善于在此"之间"把持。那个时候，载浮载沉，终至"没顶"的，确也大有人在。处通／塞、达／介、浮／沉之间，何尝容易！

叔子在"交接"的一面，对方以智、陈恭尹，都尽过规劝的责任。陈氏以忠臣之后，也如方以智，经受过明亡之际的大苦难，有着较之魏氏兄弟复杂得多的家世背景和政治经历。吴道镕所撰《独漉堂集》序，说"北田五子"之一的梁梿，对陈氏有"仆仆城市之责备"，朱彝尊也有"降志辱身之微词"（见之于《静志居诗话》，参看该书卷二二第 712 页）。温肃的序也说，对于陈氏，"当时同志已不见谅"，岑徵（霍山）甚至有"可怜一代夷齐志，错认侯门是首阳"之讽。但易堂诸子像是并不苛责他们的这位朋友。彭士望序陈氏的诗集，话说得相当体贴，说自己"心知元孝沉痛患难，学与年深，驯猛鸷之气，渐就和易"。但若仅据了文集，以魏氏叔、季与陈恭尹比较，确也会让你知道，被划归"遗民"一类者，彼此的境界有怎样的不同。

当然，叔子不事"干谒"，不等于不"交接"，更无妨于书札往还——他以此守住了一条界限。彭士望的情况也大致相似。他们坚持不入公门，不游幕，不苟取与，守上述诸戒惟谨，却不能全不与当道接触；不"干渎"，却仍然要陈述民生疾苦、地方利病。彭氏甚至不惜为朋友（曾灿）而向当道求助（《与李梅公少司马书》）。季子走得稍远了一点。上文已经说到，他曾接受过伯子的幕主浙江巡抚范承谟白金六百两的馈赠。施闰章也看出了魏氏叔、季的这一点不同，即叔子"不入公府"，而季子则"间与世浮沉，为文武大吏重客"，却又说季子"义所不可，则屹然不移尺寸"（《魏和公五十序》）。季子不应试，且不游幕，也仍然守住了他所设的那条界限。

那时的遗民有身分自觉的，各有其所守底线，只不过彼此的底线未必一致罢了。即如黄宗羲，与当道多所"交接"，从事声势浩大的讲学活动，非但不令其子黄百家世袭遗民，且推荐门生万斯同以布衣参明史局，却仍然有所不为，有他所认为的决不可为。全祖望撰《二曲先生窆石文》，说李颙自律之严，"当事慕先生名，踵门求见，力辞不得，则一见之，终不报谒"，"有馈遗者，虽十反亦不受"（《鲒埼亭集》卷一二）——另有材料证明并不尽然。同为北方大儒，孙奇逢、李颙都曾得到有力者的关照。他们不绝物，不为不情，取与之际却也仍有原则，尽管与上文写到的李天植，原则有所不同。

叔子、彭士望的好友顾祖禹，另是一类，其人既不仕清，又不肯栖迟岩壑间，而是从事著述，且出入于当世贵人府邸。应当说，后世在厘定遗民身分时，保持了相当的弹性，否则就只有食薇于首阳者，才配称遗民——何况关于伯夷、叔齐，也仍有疑论。

"独善"、"兼济"，士人往往被迫作非此即彼的选择。遗民的选择更有其艰难。宁化的李世熊就说过，"避地同尘，都无是处"（《答彭躬庵书》，《寒支初集》卷六，转引自《梁质人年谱》第 33 页）。遗民命运之乖蹇、处境的荒谬，正在"都无是处"。即使称"苦节"者，也经受不起苛刻的追问，如所食乃谁之粟，所践为谁之土之类——这种伦理绝境，岂不也是士人自己参与构建的？以叔子的敏感，不能不于这尴尬有深切的体验，而那种种微妙而精致的苦痛，仅据了他流传下来的文字，是并不都能察知的。

叔子拒荐博学鸿儒，是康熙十七年（戊午）的事，以此一"辞"，完成了清初名遗民的形象。就这样，叔子谨慎而又不失从容优雅地将自己塑造成了那个时代的"完人"。两年后叔子病逝。

31

康熙十二年（癸丑），吴三桂举兵反清，耿精忠、尚之信响应，这就是所谓的"三藩之变"。江右被卷入战事，已是次年。

三藩之变因系大清定鼎后的变乱，较之易代，像是有更其敏感的性质。而发生在甲申三十年后、永历朝覆亡十二年后，遗民对此一事件的反应，与明亡之初有了相当大的不同。"易堂九子"即可为一例。

几乎可以认为，在易堂历史上，三藩之变有某种"标志"意味。

叔子自己说，当战事紧张之时，他曾与友人在距战地不远处闲谈，其间有如雷的炮声传来（《王竹亭文集序》，《魏叔子文集》卷八）。叔子的这份镇定不免有一点可疑。据《魏叔子年谱》，康熙十五年（丙辰），叔子曾客居富田，又避兵云坞，次年即住在庐陵山中。丙辰，梁份赴长沙为韩大任（按当时韩为吴三桂守吉安）向吴三桂乞援。梁份说，当叔子"居庐陵万山中"，他自己曾"揭衣水行，日夜百十里就区画大事，其后成败不失锱黍"（《哭魏勺庭夫子文》，《怀葛堂集》卷八）。直到叔子病逝，梁份才提起此事，且说"此惟份知之，而未尝与人言者"。当然，你仍然不能知晓叔子所"区画"者何事，预测的是何种成败。

当然遗民表达，于隐晦中仍有透露，即所谓的"蛛丝马迹"，只是更宜于启发想象而难以确证罢了。即如叔子对于三藩之变的态度，就令人难以断定。叔子本人就说过："吾尝以为残贼殃民者，虽师出有名，故国法所不容……况叛服反覆，惟以盗贼为事者乎！"（《周左军寿叙》，《魏叔子文集》卷一一）由上下文可知，这里叔子指的是因三藩而起的"群盗"。但"虽师出有名"云云，仍然值得玩味。

季子在这期间的确表现得激动不安。由他的《析产后序》看，他的介入"世务"，周旋"贵人"间，正自甲寅、乙卯始。其子魏世俣在《享堂记》中，也说其父"出入金戈铁马之中"。甚至世俣本人也曾奉了父命而奔走道路，"尝天寒被雨，步行九百里，衣裤水流者十三日夜"（《答周盛际先生书》，《魏昭士文集》卷二）。"九子"中，或许季子最不安分。庚子、辛丑间，季子在粤，就可能有赴龙门岛与义军联络的企图（《陈独漉（恭尹）先生年谱》）。即使这样，也不宜想象过度，以为季子日事奔走、策划。他的那些活动很可能只是山中岁月的插曲，短暂地打破过宁静而已。事后他的另一个儿子世侃对朋友说，三藩变起，颇有人因"久习兵革"，"惟以豪杰自命"，以至于"流而忘反，身名俱瘰"，值得庆幸的是，他们彼此尚未失"故时面目"（《拙轩子卢孝则三十又一序》，《魏敬士文集》卷三）。凡此都可证易堂中人固然抱了"恢复"的期待，并不就将三藩之变认做了时机。

由文字看，彭士望似乎超然事外，反应很冷静（季子《同堂祭彭躬庵友兄文》，《魏季子文集》卷一六），我却怀疑其人在三藩之变中，形迹真的像他的朋友说的那样简单明了。宁都的邓先生也注意到了，乾隆六年刊本《宁都县志》，刊落了与彭士望、邱维屏有关的几乎全部内容，甚至两个人的姓氏。即如述林时益"避地宁都，与魏氏三子□□□□□李腾蛟、曾灿、彭任为兄弟交"。你无法知晓这两个人清初的言行触犯了何种禁忌——或许我们又遇到了遗民身世之谜？

诸子中置身局外的，或许是彭任。道光五年（乙酉），王泉之序彭任的《草亭文集》，说："易堂九子皆以文章鸣世，皆以道自任，三藩之乱，多有与时浮沉者"，而彭任"独抱道在躬，安其常，守其变"——自是清人的一种见识。三藩变中彭任心情的复杂，由他一些年后写给顾祖禹的书札（《与顾景范书》，《草亭文集》），可窥知一二。当魏氏兄弟奔走策划时，彭任或许就用了这一种复杂的眼神从旁观望的？

三藩之变不但使一些遗民经历了大激情，也使一些遗民经受了大危难，在遗民这一族群中引发的震动，未必在明亡之下。易堂诸子的朋友为事件波及的，就有方以智、萧孟昉、顾祖禹等，陈恭尹甚至因牵连而下狱（《独漉堂全集》冯奉初所撰陈氏传）。

梁份与三藩之变的关系，似乎当其时就已不那么秘密。刘献廷《广阳杂记》卷二，记述了梁份向吴三桂乞援，吴留他观战一事。当然刘氏此记，应属"秘录"，在当时绝非用于发表的。梁份也未必不自晦其迹，他的上述行踪，不但不见于收入《怀葛堂集》的文字，且"九子"也像是讳莫如深。但也仍然有透露。林时益在诗中说，他因听到过有关梁份的消息，以至收到了梁的长信竟不敢打开（"乍传异说愁难信，详载长书怯未开"，《乙卯十二月梁质人自南丰至作》，《朱中尉诗集》卷四）。彭士望也提到梁份曾"以气矜避地"（《复友人书》，《树庐文钞》卷三）。

梁份的乞援之举，即使在对三藩之变反应积极的遗民那里，也是相当冒险的。易堂两代人中，或也惟有梁份能如此"蛮干"。份何尝不知道江西在兵马蹂躏中，小民不堪其苦，却不肯错失"恢复"的或许是最后的时机，其心情之复杂，不难想见。当然，秘密活动自有其刺激性，当着真的"海氛渐灭"（黄宗羲）、"潮息烟沉"（全祖望），遗民生存的意义危机才会到来。三藩之变中梁份的兴奋，或也可以由此得一点解释？

然而同为叔子的门人，也有参与平息三藩之变者（参看魏世俶《赠鲍子韶四十序》，《魏昭士文集》卷三）。季子的《曾有功墓志铭》、叔子《赠万令君罢官序》一类文字，表达的也是支持平息变乱的态度。也如不能确知叔子在庐陵山中的"区画"，你也难以认定季子父子的出入于"金戈铁马"，究竟所为何事。三百年之下，由诸子的文字所能察觉的，毋宁说只是那些年间山上山下的扰动而已。

我已经说过，我由诸子那里读出的，主要是友情与亲情的故事，是关于朋友、兄弟的故事，"拯"、"济"的故事则若隐若现，浮动其间，并不清晰与一贯。被叙述的遗民生平，往往不连贯，有诸多空白，以至破碎零乱。那一时期士人的表述中，有太多的隐匿、闪烁，其中正有他们的生存状态，过于完整、连贯，反而令人生疑。

有明一代，赣南一向多事。嘉、隆间陆稳就曾在奏疏中说过："赣州封疆多邻闽、广，山贼之出没靡常，巢寇之盘踞日久。一啸聚于乡落，则妻子半为虏掠，田圃尽见荒芜；一弄兵于城池，则坟墓多被挖开，房庐悉为灰烬。"（《边方灾患恳免加派钱粮以安人心疏》，《明经世文编》卷三一四）明亡之前，这里的民众已饱受战乱之苦。同疏还说，"南、赣二府（按应指南安、赣州），据江西之上游，为全省之藩蔽，界邻闽、广，故流寇之出入，必先取道，攻城掠野，无岁无之"，这种门庭之患，为他郡所无。叔子也说："赣州十二属邑，皆负山依阻，地迫闽粤，故昔称多盗，而天下稍稍有事，则蚁聚蜂起，揭竿假名义者，不可胜数。"（《周左军寿叙》）

宁都的混乱似乎尤甚。易代之际，"宁之民尝称兵于市，白日而杀人劫人于县治之门。已而郡兵破县城，城屠掠几尽"。三藩之变起，宁都一县"百里环强敌，十里多伏莽，门以内奸民之欲持白梃而起者相视"（《赠万令君罢官序》，《魏叔子文集》卷一〇）。叔子一再写到"改革之际"赣南、宁都的动乱与杀戮。彭士望、李腾蛟也说宁都、南丰一带，"大盗数千，盘踞出没，焚杀淫掳，惨动天地"（《与傅度山兵科书》，《树庐文钞》卷四），"暴客横纵，不择人而食"（《族子季玉四十一序》，《半庐文稿》卷一）。

当着要选择立场时，士大夫对于上述情境，岂能度外置之！

32

发生在这期间易堂历史上的重大事件，即魏伯子之死。情况很可能是，诸子的"激动扰攘"，因了伯子之死，而折入于悲愤沉痛。

伯子，名际瑞，字善伯，原名祥，字东房。

如若一定要伯子为他的死承担一点责任，那么丙戌那年他的"出"，或许可以算做祸端。当时清王朝委任的新县令到任，局势已大致平靖，魏氏兄弟有了一次机会，作更从容、更理性的选择。上文已经说到，叔子、季子在这当儿选择了"山居奉父母"，而伯子却在一番逡巡之后，选择了出而应世。

伯子对于他自己的选择也有辩护。比如他说，"豪杰之士能为人所不能为"，他们特立独行，不恤人言，不顾世俗之毁誉，"有时能奋立于天上，有时能伏泥中，有时可以绝类独上，而不畏天下古今之横议；有时屈情从众，不避庸俗之名"（《续师说》，《魏伯子文集》卷三）。也就是说，必要时惟豪杰才能"自污"。

我们不知道伯子当选择之时是否感到过痛苦，但有一点是确实的，即伯子因有这一"出"，后世的"遗民录"上没有了他的名字；而有魏伯子在"九子"之内，易堂也不再是严格意义上的"遗民群体"。对于本书而言，伯子此"出"的确意义重大——其人所从事的活动，复杂化了"易堂"的性质。

我以为对于这类身分问题，看重的或许更是后人，尤其在清代表彰明遗民的活动中。彭士望说陈恭尹因交游广阔而"为人所訾謷"，陈氏的态度是"任之"（《赠北田四子序》，《树庐文钞》卷六）。即使不能超然于毁誉之外，伯子对于自己身后是否能入遗民录，未必真那么在意，尽管他确也曾反复陈情，申述他"应世"的不得已。伯子有诗曰："海国干戈正未休，书生仗策几时投。伪朝李密惭忠孝，江左夷吾老寇雠。"（《署中月夜登楼怅然之作》，《魏伯子文集》卷八）伯子的心事，也惟在诗中，有曲折的透露。

在事后的追述中，伯子的选择被一致解释成了作为长子，为了宗族利益的牺牲。这一解释被不断复述，证明了诸子对问题的严重性的了解。他们说，伯子的作为，有大不得已者。那时宁都局面混乱，即使如易堂这样"结砦而居"者，也"科重饷，祸且不测"，正因了伯子"独身冒险阻，任其事，屡濒于危"，翠微峰才得以保全，自此，隐居的诸子及族人亲戚，"倚伯为安危者三十余年"（《先伯兄墓志铭》，《魏叔子文集》卷一八）。据邱维屏所辑《魏徵君杂录》，"三魏"之父魏兆凤当初也并不反对长子的游幕，只是当"长子偶得当事所馈金，进以奉"时，这父亲"坚不纳"而已。

由叔子写给方以智三子的书札看，"三魏"的上述分工，是自觉的生存策略，兄弟三人必定有过仔细的谋画、商议，决不像叔子记述的这样简单。明清易代过程中，即使参与过抵抗的士人，也会面对如"三魏"这样的再次选择——在最初的激情之后，选择此后的人生。于此又有士人的歧途。伯子原富于智谋。叔子说他的兄长"人情当世之故，深炼熟识，入于毫芒"(《伯子文集叙》，《魏叔子文集》卷八)，本来就是幕府人才。他的死绝非无可避免。在发生于明末至清初的漫长对抗中，他不过被轻易地当作了供奉祭坛的牺牲而已。

关于伯子的死难，叔子、季子都一再述及，大致的情节是，到康熙十五六年，韩大任仍在宁都、乐安一带顽抗，伯子受哲尔肯之命前往招抚，未曾料到的是，他动身后，清兵突然合围，韩大任怀疑伯子出卖了自己，拒而不见，"始以幽囚，终遭毒刃"(《与顾袁州书》，《魏季子文集》卷八)——在易堂同人看来，重演了楚汉相争中郦生的故事。至于韩大任，则于康熙十七年入福建到康亲王军前投降，江西一带的战事至此结束。

伯子的作为及他的死，作为易堂的一处创口，引发了持久的隐痛。伯子的清白已成为易堂诸子当着面世时不容回避的问题，而为其洗刷，则被视为这一群体(无论长幼)的伦理责任。关于伯子之死，易堂中人强调的，是桑梓的保全。他们说，伯子并非不知道此行所包含的危险，当着亲友极力劝阻时，他表示自己考虑的是救宁都"县民之生"(《众祭魏善伯父子文》，《邱邦士文钞》卷二)。叔子所记更为具体，说他的兄长赴韩大任营之前，写道："两兵相交，死者千万。且吾乡蹂躏已久，秋深冬至，民无衣被，何以为生，吾何惮此一行为！"
（《祭伯兄文》，《魏叔子文集》卷一四）邱维屏也说伯子
"舍生以救千万人之生"（《众祭魏善伯父子文》）。曾
灿甚至比伯子于鲁仲连，说："当时吾友去，亦似鲁连
情"（《过聊城县追悼魏伯子》，《六松堂诗文集》卷五）。
伯子的一往而不返，在诸子事后的追述中，被渲染了浓
重的悲剧色彩。

"易堂故事"中的有些情节，曾被不同的人或同一
个人反复陈述，如魏叔子、彭士望的相遇，如伯子之
死。这些被反复陈述的片段，无疑有某种关键意义；经
由陈述，确也像是构成了易堂历史的关节点。诸子有关
伯子之死的陈述，主旨在为其人洗刷，代其剖白心迹。
伯子之死，显然不仅被作为家族、群体的事件，因而才
有了那种"面对公众"的言说态度，也更令人感到了士
人于乱世立身之难。非设身处地，努力去理解遗民一族
的道德生活，明白进退出处在当时的极端敏感性，才听
得懂易堂中人的那些辩护、哀诉。

但我也仍然注意到，关于伯子的行为，传世的《草
亭文集》中没有任何表态。你尽可以想象彭任既不肯苟
同，又不愿立异，于是就在他所在的角隅沉默着。

至于伯子丙戌的一"出"用了为家族"存祀"的名
义，实际动机则可能远为复杂，未见得不也因了用世冲
动。如上文说到的，洁身固然是挑战，某种"自污"则
有可能是更大的挑战。那个时期并不缺少被认为守身如
玉的遗民，经得住最为苛刻的道德衡量，可比之以贞女

烈妇；涉足浊世却又保全"清白"，却不是哪个人都敢于轻试。叔子、季子正以为他们的兄长选择的，是一条更为艰难的路。

最令伯子的亲人痛彻肺腑的，是那种死的惨酷。当遗体归殓时，"细验隐处，疮瘢迹皆是"（《先伯兄墓志铭》），以至伯子之子世杰捶胸顿足，痛不欲生，终因自虐而死，这也就是叔子所说的"二旬之间，父子并命"（《祭伯兄文》）。那年世杰不过二十三岁。

易堂诸子持久地体验着伯子被虐杀的余痛，这父子的血，不能不令他们自觉创巨痛深。

尽管李腾蛟已于九年前去世，而伯子对于易堂的活动并没有多少参与，伯子的死对于易堂，仍然有非比寻常的严重性。丁巳也像是个不祥的年头，由这一年起诸子死丧相继，终于使得易堂不再成其为易堂。

因了伯子的死，诸子与三藩之变的关系，愈加见出了诡异。康熙十五年梁份为韩大任向吴三桂乞援，十六年韩大任杀伯子。讽刺来得如此突兀与严峻，由叔子、梁份遗留下来的文字，你无法知晓他们对此是何种心情。伯子固然不应当遭此报，梁份、叔子何尝应当遭此报呢！或许真的如彭任似的置身事外，才称得上明哲？

乞援不消说为了复明，招抚则为保全民命。上文已经提到，在此期间诸子及其门人的努力，可能是在不同的方向上，背后有着士人（尤其其中的遗民）处清初之世的矛盾态度——既没有放弃"复明"，又力图"弭变"、"安民"。其实不惟伯子，其他诸子的心迹，何尝不也难明！

甲申、乙酉后的那段时间里，士人于出世、入世间所遭遇的伦理难题，所承受的道德压力，确也非平世所能想象。那是一种非常具体的、深入到了日常生存的困境，无关痛痒的后人，却像是只能抽象地论说，难以感同身受。鲁迅为柔石的《二月》作"小引"，说"浊浪在拍岸，站在山冈上者和飞沫不相干，弄潮儿则于涛头且不在意，惟有衣履尚整，徘徊海滨的人，一溅水花，便觉得有所沾湿，狼狈起来"（《三闲集·柔石作〈二月〉小引》）。生活在三百年前明清之际的士人，无论是弄潮还是徘徊于岸边，"沾湿"几乎在所难免。叔子也说，"袖手则不仁，濡足则不知"（《与李元仲》，《魏叔子文集》卷七）。他似乎想自处于"不袖手不濡足"之间，而这"之间"的位置，又是多么难以确定。

但魏氏叔季确也不曾更深地卷入政治，也就不曾被"点污"，因而是更单纯的意义上的"志士"，更诗意的"志士"。方以智的感动于"易堂真气"，多少也应基于这一种比较的吧。在方以智、陈恭尹的眼里，魏氏兄弟确也应如一泓流泉，清浅得可喜。叔子的被时人以至后人目为"志士"，与其说由于他的行事，毋宁说因了他的表达。叔子的动人处，更在呈现于文字的对于志士人格的塑造，在他那富于感染力、感召力的性情，他的热忱与真挚。叔子并不曾经历过有如方以智、陈恭尹所经历的大苦难、大危机，这也使他能用了赤子式的眼神看世界，在人伦关系中，保持了一种单纯的态度。其间翠

《宁都三魏全集》

微、易堂之为屏蔽、保护，是无疑的。

33

我不能不感兴趣于三魏间兄弟情的表达。叔子曾经致书彭士望，说自己与伯子、季子，"老年兄弟，且夕不能暂离"，又说到兄弟三人"决计合葬勺庭屋内；或死他处，亦必启棺相就"，以便三人的"神明"即使死后也仍然能"相依"（《与彭躬庵》）。这更像是叔子的主意。叔子还说，"吾兄弟既定葬勺庭，便欣然有夕死可矣之意"，接下来的小小难题，是如何处置叔子之妇，因为这妇人决心从其夫葬在勺庭。于是就有了如下方案，即，倘若此妇死于山，即附叔子之左，"当勺庭之房，生时偕寝处"；倘死于山下，则妯娌们就葬在一处。叔子所希望的，自然是前者，说"虽然，祔吾为便"（《书伯子示杰、俶等疏后》，《魏叔子文集》卷一三）——不但对于身后是否兄弟在一处，而且对于夫妇是否在一处，甚至葬处与生前"偕寝处"是否对应，都很在意。由上述计虑的周详，可以相信至少叔子本人对此是认真的。这年（康熙十四年）距伯子之死，还有两年。

"情之至者，一往而深。"（黄宗羲语）叔子曾引了伯子的话，说"情者，天地之胶漆。天地无情则万物散，万物无情则其类皆散"（《耒湖诗集序》，《魏叔子文集》卷一〇）。叔子自己说"平生固不敢轻用其情"（同书卷一四《祭处士涂允恒文》），又说："天下之害生于不及情，不生于过情"（卷一三《书计甫草思子亭卷后》），还说"生平于天性骨肉间，情至不可解"（《伯子诗钞引》）。其实易堂之聚，也赖有此"情"，并不止凭借了抽象的"道义"。

伦理经验到了深切处，不免要遭遇表达的困难。丁巳那年，伯子死前的几个月，叔子曾写信给他的兄弟，引了苏辙狱中寄苏轼的诗："与君今世为兄弟，再结来生未了因。"（《寄兄弟书》）倘若对于来生不敢期必，合葬勺庭，就不失为一种选择——这至少是可以由家族中人执行的。你不妨承认，叔子所设计的合葬，至少具有"表达"的有效性。兄弟而缠绵至此，像是也不多见。

叔子死后，由季子主持，与其妇合葬在了宁都南郊下罗坪始祖墓旁（《先叔兄纪略》），并没有践行兄弟同葬勺庭的前约。但季子不曾忘却"吾兄弟三人，再世当复为兄弟"的话（《祭伯兄文》）。晚年的季子承认两兄不得返葬"故山"，违反了"勺庭初议"，作为补救，决定以勺庭为他们兄弟的"享室"，"子孙读书其中，长依祖父神爽，享山林灵秀之气"（《书伯子示杰俶等疏后》，《魏季子文集》卷一一）。此堂终于在季子去世后建成，只不过非勺庭原址而已。魏世俶的一篇《享堂记》，可以读作对其父命执行情况的报告。据经手营造的世俶说，山中之屋，此享堂为最高，"饰以蜃灰，百里内咸望见之"。两代人对那约定都郑重不苟。

所谓"至情"，似乎也惟生死可以形容。叔子曾撰写《告玄帝文》，意在为伯子祈福禳灾，文中表示"愿捐己禄"，益兄之寿（《魏叔子文集》卷二〇）。祭伯子时，他还回忆起了伯子早年的话，即倘若有一天为贼所执，他会要贼杀了自己以活叔子，因叔子"于世为有用人"。

季子五十岁那年叔子作序，说："吾兄弟三人如一身，自幼至老如一日。"（《季弟五十述》）哭祭伯子，他说的仍然是"吾兄弟三人如一身"（《祭伯兄文》）。季子也说兄弟三人"如影之随形，响之答声"（《答山西侯君书》）。叔子论兄弟一伦的重要，将道理说得很平实，"盖如兄弟三人，损失一个，则天地之内，止有两个，任他万国九州若亿若兆人，再寻一个来凑不得"（《里言》）。其实"凑不得"的不止兄弟。

上面的说法还不免抽象。叔子更写到兄弟三人山居之日，"形影不离，春秋佳晨，讲论谈笑，穷日夜不休"（《祭兄子世杰文》，《魏叔子文集》卷一四）。季子也说兄弟三人常常"谵笑"直至夜深，母亲因了叔子体弱，催迫他们就寝，仍"各依依不能去"（《先叔兄纪略》）。辛亥二月，叔子在扬子江的舟中为季子的文集作序，记季子归自华山，兄弟夜间饮酒，读季子所作西行诗，叔子"引手捋其须"，提及儿时琐事，相与大笑，其乐融融（《季子文集叙》）。季子则记自己在客舍侍叔子疾，"时天寒大雪，北风鼓窗纸，屋瓦丁丁有声"，季子烧了红烛，朗诵友人的诗，叔子卧而听之，"到其警秀之句，未尝不抚枕而笑"（《王半斄诗序》，《魏季子文集》卷七）。所谓"兄弟怡怡"，在此种日常情境中，在对此种日常情境的叙写中。魏氏兄弟固然有"至情"，确也善于自写其情。正是这情，使得他们的叙述润泽丰腴。

伯子死的那年，曾与叔子在异地相见，像是无以表达惊喜之情，伯子对于他的兄弟，不但"鼓掌大笑，拍肩执手"，而且"自面及背，周身抚摩，若慈母之获爱子"（叔子《祭伯兄文》）。兄弟之间亲昵至此，确也如季子所说，缠绵"胶固"，"几几于儿女子之私"（《叔兄五十一岁序》，《魏季子文集》卷七）。"三魏"的兄弟情谊，似乎只有用了男女私情方能形容，在三个汉子，也算得上异禀的吧。季子说兄弟而为"至友"，"心曲"没有什么不可以述说的，却更有忘言之时，只一片欣欣之意弥漫其间（《奉怀叔兄在水庄》，同书卷二）。极尽形容又像是无可形容，季子也如叔子一样，对这一种关系，满足而又怀了感激。

北方遗民孙奇逢也笃于兄弟，由鹿善继的《孝友堂谶语》（《认真草》卷八）看，孙氏四兄弟志趣之一致，正如宁都"三魏"。那个时期兄弟的故事传在人口的，还有姜垛、姜垓。动荡，流离，或也有助于家族内的凝聚，加深骨肉间的同命运感。方以智就说过"天伦师友，群居丽泽，一室自娱，诗书交古……"（《读书类略》，《通雅》卷首之三）。魏氏兄弟也有志于成所谓的"一家之学"。这一种情况，多少令人想到魏晋。然而除了个别事实（如方以智父子、黄宗羲兄弟），明清之际并不曾重现"家族学术"兴盛的局面。这与世族的衰落、与理学门派的兴起，都应当不无关系。

叔子曾对人说，"吾生平人伦之乐，人罕有及者。盖内以父为师，以兄弟为朋友；外以师为父，以朋友为兄弟。"（《门人杨晟三十叙》，《魏叔子文集》卷一一）中国士大夫的乌托邦，其特征首先不在丰足，而在和谐——这也是宗法社会久远的梦境。

魏氏的兄弟之情不止于"怡怡"。彭士望就说过叔子"于伯、季强谏极言，无微不尽，伯、季之于叔子亦然"（《祭魏叔子文》）。魏氏兄弟彼此匡正，也有好文字，如叔子的《与季弟书》。

是兄弟，又是朋友；朋友如手足，手足则似知交。叔子《祭伯兄文》说到伯子曾有诗寄给他，其中就有"岂徒至性为兄弟，竟自神交托友生"的诗句（该诗收入《魏伯子文集》卷八，题作《睡醒念及凝叔吹灯作此》）。"兄弟"、"友生"，其为伦理意境，一向被认为可以相互补足。叔子说自己与彭士望交，"虽一父之子，无以过也"（《彭躬庵七十序》）。友情之深到了极处，非"兄弟"则不足以喻之；兄弟情深，又只能比做朋友。上文提到过的金声却有异议，他以自己与熊开元为例，说"兄弟"、"骨肉"并非就是友情的极致，"同一父母胞胎而出"，到了"分田宅画财产"，就"不能无异意"（《寿熊母李孺人序》，《金忠节公文集》卷七）。三魏"兄弟怡怡"的图画，倘若置于其时士人所经受的伦理危机的背景上，才足以令人称羡。那个时期并不缺少兄弟阋墙的故事。出自对世情的洞悉，也如处朋友，魏氏兄弟未必没有矫俗的念头。叔子说："五伦于今，惟兄弟最薄。"（《里言》）还说，"笃兄弟为世所难能，有甚于忠孝者"（《萧小翙五十叙》，《魏叔子文集》卷一一），"甚有结契于朋友，而仇雠于骨肉者"；离间"兄弟之爱"的，通常就是"财利之物"（《同卷《程楚臣六十叙》）。回头来看魏氏兄弟的析产，的确属于明智之举。

但我仍然愿意相信，这种几无任何缝隙的过分完满的友情、亲情，更是赖文字营造的。叔子对于伦理以及审美意义上的"完满"的追求，像是永无餍足，未见得不也出于对伦理关系的脆弱性、生命的易碎、情感的易于流失的警觉。我甚至以为那些如歌的诉说中，埋藏了恐惧。不断地诉说，更像是为了保有，以言语、文字捉牢，紧紧地攥在手里。

宁都·冠石

34

次日仍淅淅沥沥不止，真的如这里的朋友所说，江右的雨，下得很耐心。

由公路走下草丛中依稀可辨的小径，雨下得更紧。我们打着伞，由水淋淋的草中蹚过，在小径被雨水淹没处停了下来。过后想到，是否应当由草中水中蹚过去，去看冠石、东岩。依了攀援三巘峰的经验，我其实不知道亲历其地或中途而返，利弊若何，却仍对不曾蹚过那段灌了雨水的小径怀了遗憾。当我们转身走回汽车时，我应当想到，我不大会再次来到这条小径上。带我们来的李先生说，他是根据地图由公路找到这条小径的。由冠石到翠微、三巘，不过三四里，肯定有其他路可通。但我想，即使林时益当年所走并非这条路，他也一定无数次地在山间的雨中走过，蓑衣斗笠，或许还负了茶笼；而那些"冠石子弟"则赤着脚踏过积潦。

乾隆四十七年刊本《赣州府志》卷六《山川志》：

"冠石在县西十里，由长庚桥西入，环山麓皆植茶树。有一石，上高下平，若进贤冠，又名纱帽峰。左曰东岩，右曰紫云峰。"李先生说，冠石一带地势较翠微、三巇为平衍，与我由文字中得到的印象一致。林时益的由翠微峰迁到这里，多半因了此地宜于耕作，也可免去一点攀登陡峰的辛劳。但李先生告诉我，这里因为是常年积水的冷浆田，已无人耕种，一片荒芜。

顺治十二年（乙未）除夕，林时益住进了冠石的新居，算一算自己客居宁都已十一个年头（《乙未除夕同吴子政始入冠石草堂……时妇子在南湖》，《朱中尉诗集》卷三）。他对这居所显然很满意，在《冠石草堂》那首诗中说："不复障吾目，悠然此户庭。山高迟暮色，风远到溪声……"（同上）还说"柴门正对山空处"（卷五《杂咏》），一望空阔，使他的心境为之而开。易堂中人并非都像魏氏兄弟那样，乐于由超拔之境俯临世界。平衍豁朗，或许更宜于林时益的性情？

由林氏的诗看，那时的冠石尚有"悬泉"、水池，而且有虎豹出没。东岩色也近赤，岩下有梅，淡香疏影，林氏曾在这里饮酒赏花，杖藜访友（同书卷三《饮东岩梅下罢过树庐》）。林氏也如叔子兄弟，对花木有癖嗜，尤钟情于梅花。明知别处的花与此处无异，仍然会怕因出门而误了花期（卷五《同彭天若饮悠然亭看白桃花》）。

山中岁月自与平川不同。季子说："山居面石壁，日月去我早。"（《偶然作》，《魏季子文集》卷二）"文

冠石(《宁都直隶州志》,道光四年刊本)

革"期间,我曾在京郊的深山中住过几个月。山中日短,落日一衔山,谷中顿时暮色沉沉。林时益衰病的暮年,就在冠石这山间高地上度过。夕阳在野,那村落会是苍凉而静谧的吧。在我想来,那也正应当是林时益晚年的颜色。由易堂中人的记述看,叔子光明洞达,彭士望气概豪迈,而林时益和易、坚忍、静穆,确如暮色中的山野。

如果说叔子天然地适于通都大邑,那么林时益或许更宜于乡村。他说自己"近市情堪畏",倒是荒山令他感到安全、安心——我想这是真的。

林时益在这片如今已废弃了的土地上经营茶园的时候,会经了三巇峰去访翠微峰的叔子,事后怀了感激,提到叔子款待他的那道美食"肉糜"(《己亥正月十二日蚤同吴子政过岭迟躬庵友兄登翠微峰访魏叔子季子⋯⋯》)。叔子授徒水庄,林氏也会"辍锄"过从,直到日落时分(叔子《林确斋四十又一诗以赠之》)。上文写到诸子曾在翠微峰接待远道而来的朋友,那是个美好的月夜,当时林时益新病,"煴火重絮从之,相与坐中夜乃罢"(《邹幼圃来翠微峰记》)。曾灿也曾与林氏无语夜坐,看"远林野火",听山钟在风中回响(《同林确斋夜坐》,《三松堂诗文集》卷六)。

易堂人物中,"冠石先生"林时益别有风味;由我读来,那风味平淡而隽永。

其实林时益早已出现在彭士望挈家迁至宁都,与叔子相见于河干那一幕中,只是无论在魏氏叔、季还是彭士望的叙述中，他的身影都像是为彭士望所遮蔽，不为人注意罢了。即使在事后的追述中，叔子与彭士望也像是仍然沉浸在遭遇对方的狂喜中，无暇分神于同时到来的林时益。

接下来的事，见之于李腾蛟之子李萱孙的记述。萱孙说，他听到父亲的说法是，林氏初到宁都，曾"身杂佣保，治火药诸什器"，李腾蛟遇林氏于客邸，"奇其精悍之色，因数目之，后遂为兄弟交"（《朱中尉诗集·叙》）。林氏本人的说法与此相去不远，也说自己当年曾"乱头短后衣"，"执役混贱厮"（《己亥二月十五日同彭躬庵陪黄介五陟岘峰……》）。由此看来，林时益虽因彭士望而迁到了宁都，却并未被及时接纳。他是赖有自己的风采，吸引了后来同属易堂的那班友人的。魏氏兄弟的不苟交，林氏的不苟与人交，于此都可以想见。

彭士望或许是那种令人过目难忘的人物，而林时益的魅力，却要在平常日子里徐徐释放。要由此后的事情看，林时益在易堂中，才真的堪称异数。他没有彭士望、魏叔子的强烈、热烈，却也不像李腾蛟、彭任的面目中庸，而是以对其选择的坚执，不温不火地，将自己与易堂的一班朋友区分开来。

林时益的特别，自然也因了他的宗室身分。他是所谓的"奉国中尉"。他的易堂诸友像是很在意这身分，叔子为他撰传，题作"朱中尉传"而非"林时益传"，就可以证明。王世贞说："国家待宗室，自亲王至中尉凡八等。"（《策》，《明经世文编》卷三三五）"亲王之支子，尚得为郡王；郡王之支子，始为镇国将军，从一品。镇国之子为辅国，从二品。辅国之子为奉国，从三品，皆将军。奉国之子为镇国中尉，从四品。镇国之子为辅国中尉，从五品。辅国之子为奉国中尉，从六品。自是虽支庶皆得称中尉，不为齐民。"（《同姓诸王表序》，同书卷三三三）经了二百多年宗室的繁衍，到明末，"奉国中尉"正不知有几何；但此"中尉"确有不同于他"中尉"者，因而像是获取了专有"朱中尉"一名的资格。当然，刻意提示宗室身分，也为了表达对故明的怀念。不知易堂诸子是否确也时时意识到其人之为"朱中尉"的？

林氏原名朱议霶，字作霖，"国变"后更姓林，字确斋，句容人。据叔子说，直到明亡，"宁藩支子孙"横暴依旧（《朱中尉传》）。其时的奉国中尉朱议霶，当属于宗室中寥若晨星的贤者。李萱孙说，当明亡之际，林时益曾受其父之命，与"奇材剑客、四方负异奇杰士"游，"慨然有当世之志"（《朱中尉诗集·叙》）。林氏未必没有政治才具。《宁都县志·林时益传》，说他曾佐其父治邑，"老胥惊服，奸不得行"。九子中，说得上有"家国之恨"的，只是林时益与曾灿；林、曾的诗文，对此却并不渲染，未知是否因了禁忌。林时益的诗作中，写到这段惨痛经历的，只有五律一首，题作"乙酉夏舣舟梁家渡，约六弟偕上，而六弟即是秋与七弟病死梅川；戊子，陈氏姊避兵死西山；今乙未，萧氏姊又坠楼死。先君之子十二人，存者仅高氏姊及予二人而

林时益像

已……"(《朱中尉诗集》卷三)由此可知，林氏的六弟、七弟，是随他到了宁都（梅川）后病死的。或许正因有如此伤痛，才更有林时益那一种含了坚忍的平淡的吧。

天崩地圻的历史瞬间，宗室的命运，是另一个有趣的题目。明宗室成员的应对，大可与清末、民初的另一宗室相比较，其间有多少可悲可笑、令人心酸、令人心情复杂的故事。林时益的故事却很平常。这故事的最重要的情节，竟是携家到冠石躬耕。叔子写他所见冠石，"雨后泥侵屐，山深花落锄"（《冠石草堂值温晋上》，《魏叔子诗集》卷六），说得很亲切。对于通常文人笔下的"躬耕"切不可当真，以为其人真的躬操耒耜。那多半不过是一种诗意表达而已。但林时益的种茶制茶卖茶，却是真的。即使不能亲自运锄使犁，他也常常手持长铲，制茶之外，似乎还曾放牧（《牧》，《朱中尉诗集》卷二）。既然能"身杂佣保"，从事贱役，躬耕在其人，想必不需要下很大的决心。虽然是所谓的"天家之子"，林时益却像是天然地不耻于劳作。他的冠石耕山，未必自以为纡尊降贵，如人们设想得那般痛苦。其实不惟明末，即清末也颇有此种故事，足以为困境中人的生存能力作证。

关于林时益的冠石种茶，叔子的叙述是："既曰贫，中尉曰：'不力耕不得食也。'率妻子徙冠石种茶。长子楫孙、通家子弟任安世、任瑞、吴正名皆负担，亲锄畲，手爬粪土以力作，夜则课之读《通鉴》、学诗，间射猎、除田豕。有自外过冠石者，见圃间三四少年，头著一幅布，赤脚挥锄，朗朗然歌出金石声，皆窃叹以为古图画不是过也。"（《朱中尉传》）你在这图画中看到的几个青年，即下文将要讲到的"冠石子弟"。他们不是林氏的"隶农"，而是助其耕山的子弟门人。

林时益的以宗室身份而从事垦殖，令人想起老舍笔下那些顺应时世而调整了自己的旗人贵族。或许因了对于老舍的阅读经验，在我看来，那是一种尊严的姿态。林氏也正如老舍的那些人物，纵然从事"贱业"（"身杂佣保，治火药"等），也仍然将那份教养、才情写在眉目言动中，令人不忍也不敢轻薄。

李萱孙说，迁居冠石后的林氏，"常至江南，欲渡淮而返，间走一二百里，负茶自卖之"（《朱中尉诗集·叙》）。上文已经说到了诸子的谋生之道，与诸妇的辛劳。由林氏的诗大致可以相信，他以自己的躬亲劳作，与其妇分担了物质生存所不可免的琐碎。

35

也如这一种人家的子弟，林时益"幼奇慧"，精于棋，善草书，能诗，到了自食其力的时候，所制的茶也非俗品。冠石的林时益种的是茶，而非薯、芋（尽管也可能同时种了薯、芋）。易堂中人所写关于林氏的文字，似乎也要写到了其所制的茶，才滋味醇厚，文字间像是飘散了一层茶香。那是一种生活的气味，有可能是林氏——其时他还叫朱议霳——曾经熟悉、寝馈其间的。

在那个时代的士大夫，茶品中有人品，张岱、冒襄一流人，于此最能精赏：那是一种训练得极精致的知觉与审美能力。我猜想，即使林氏自己负了茶去求售，那心情肯定也与寻常茶农或茶商有所不同。至于遗民而种茶、制茶，风味更与平世别。传状中的林时益，平和乐易，倒可能正因了其背景中、骨子里与俗人的这一点不同。据说林氏"以意制茶"，也正是将有关的工艺过程当成了创作，更近于文人行为。至于林氏所制"林茶"，倘若真的如诸子所说的那样，当属茶中"逸品"的吧。

落魄之际荷锄运锸，其他人未见得不能，而当此际仍然能沉湎于创造，必定是素有才情风致的文人。遗民中另如巢明盛的葫芦工艺（《思旧录》，《黄宗羲全集》第1册），周齐曾的制作竹木器具（《余若水周唯一两先生墓志铭》，同书第10册）——你只能说，慧业文人即使在生存的艰窘中，也不至磨灭了创造热情与灵气。那些葫芦、竹木制品也是一种诗，呈现以实物形态的诗。林时益也如是。种茶，尤其制茶，是生计，也是人生创造，犹如曹雪芹的制作风筝，风雅寓于技艺。

林时益似乎乐于被方以智指为"茶人"。他也自居茶人，说"茶人最爱春山晴，二月三月雨淋铃"（《癸卯三月送魏叔子之高邮……》，《朱中尉诗集》卷二），还曾在诗中写到制茶工艺。制茶毕竟不同于饮茶，如周作人所写的那样，于"瓦屋纸窗之下，清泉绿茶，用素雅的陶瓷茶具，与二三人共饮……"（《雨天的书·喝茶》)。叔子写危习生的制茶："当春之谷雨，茗柯萌芽，雨晴间作。日蓑笠采摘，夜则立茶灶至日出。武火赤釜，手亲釜簸弄，十指皮瀫起，如被炮烙"(《危习生遗诗序》，《魏叔子文集》卷九)——林氏制茶的辛劳，自然可以据此想象。林时益自己也曾在诗中写到过春末制茶的彻夜不眠，"茅屋鸡声叫东日，镫光犹向锅头炒"(《寄楷瘿瓢冠茶为谢约斋先生五十寿》，《朱中尉诗集》卷二)。所谓"林茶"，得之何尝易易！

乾隆六年刊本《宁都县志》卷六《人物·寓贤》林时益传，说冠石"左有东岩，遍植桃李，春月摘茶时，如入桃源"；林氏"风韵潇疏，尝布冠竹杖游行岩壑间，歌声出金石，荷锄相和答，见者以为桃源中人"。甚至叔子，也由自己的趣味，将林氏及"冠石子弟"的力田诗意化了。虽则我在下文中还将说到，叔子并不就欣赏林时益的耕山，李腾蛟也说"学圃非吾事"(《新春雨后督家仆治圃二首》，《半庐文稿》卷三)。

县志中的文字力图使你相信，冠石曾经有过一个真实的桃源故事，其主人公，即优游林壑间的林时益。情况似乎是，林氏在世的时候，冠石还不曾被目为"桃源"。林时益的桃源中人形象，是在他身后的叙述中生成的。邱维屏的形象也经历了类似的制作。林时益本人并不鼓励这样的想象，他以他的诚朴，示人以他的生活本有的颜色，甚至给你看到了泥灰剥落的墙皮。

在我看来，"九子"中，惟林时益近俗，最贴近"日用常行"的世俗人生。易堂诸子存留至今的文字中，林时益的那部《朱中尉诗集》，有较之其他诸子的文集更为具体的有关日常生活的描写。倘若没有这些朴拙的诗句，你将难以想象那生活的物质细节。像"湖上借得破锅志喜"、"蔡立先云藤枯不任晒菜而断感赋"（按蔡立先，九江人，其时侨居冠石）一类诗题，在魏氏兄弟的诗集中，是见不到的。在我看来，林氏风味的醇厚隽永处，也在这份平易俗常中。诗也如其人，因了不自贵重，反而有了一种态度上的朴质自然。

山居苦雨苦风，躬耕又苦大水（《大水》、《大水过梓陂圩感赋》等，《朱中尉诗集》卷一）。林时益曾因了水患，不得不挈家归南昌（同卷《自梅川来南湖水破圩没禾……》）。对于生活的艰困，林氏在他的诗中写得很直白："合家二尺口，食米近一斗"；"长幼得十人，病者居其半"（《谷中九九诗》）。在这种匮乏的生存中，"寸布斗粟"也不免要计较，却又自惭于这计较，想到了能令人鄙吝全消的黄叔度（黄宪）。季子惋惜顾祖禹"理米盐凌杂，用函牛之鼎以烹鸡"（《顾景范六十序》，《魏季子文集》卷七），这一种支付于日常的代价，又该如何计量？

诸子当初的选择翠微峰，未必不是为了间隔俗世，在这一点上，与同时陈瑚的居蔚村，初衷就有不同。伯子《翠微峰》一诗，有"麒麟终待圣，鸡犬亦能仙"句，自注道："偶有俗人附居。"（《魏伯子文集》卷七）自负竟至于此！林时益的冠石耕山，而与野老樵夫为伍，由这一点看来，也像是甘于颓唐。

　　林时益似乎的确能和光同尘，晚年的神情，可用了"冲夷"形容。李萱孙《朱中尉诗集·叙》说，岁时里社，林氏居"农牧樵贩"间，而"农牧樵贩"们却不识其为谁何之人。季子之子世俨也说，因林时益平易，得乡人心，虽冠石的山不险，却仍然能得安全。还说林氏死的那天，"乡人执事送丧者盈于道"（《哭林确斋先生文》，《魏敬士文集》卷六）。大约就依据了这些，县志有林氏"性喜苦酒，对客饮辄颓然自醉……市人孺子皆敬爱之"云云。

　　贵游子弟，曾钟鸣鼎食过的，当着天地翻覆，或者率先摧折，挺了过来的，往往有较之常人更韧的生命力；而又因曾经沧海，对世俗荣利倒是更能超然。林时益的淡泊与达观中，或许就蕴有这种平淡的智慧。他的移居，种茶，不妨看做一种象征：返回自己选择的生活轨道。

　　"豫章丛书"林时益诗集卷首叔子的《朱中尉传》，以林茶作"林芥"。其时有名茶曰"岕茶"，产浙江长兴县，因种者为罗姓，亦称"罗茶"，颇为名士所称道。"林茶"像是没有这样的幸运。季子说林氏死后，"茶亦不能行，将废业矣"（《与丁观察书》，《魏季子文集〉卷八）。由伯子的书札看，林氏生前，那茶已"不行"。而乾隆六年刊本《宁都县志》，仍然说林氏所制茶，"四方争重价购之"；《宁都直隶州志》也津津乐道所谓"林茶"——不消说抄自旧志。你难以知晓道光四年《州志》刊刻时，情况是否仍如所述；倘若林氏的后人放弃了这营生，又打从什么时候起。茶亦有"命"。文化史上本不乏人琴俱亡的事实。这里有常见的技艺的命运。不知那些偶尔来到冠石的人，是否还能隔了遥远的岁月，由空气中嗅到一缕茶香的？

　　叔子自己说"性不饮茶"，游五老峰，不免辜负了"匡庐第一泉"（《寒泉精舍怀石公兼酬元韵》自注，《魏叔子诗集》卷七）。对于茶的鉴赏能力，确也有待于物质生活条件与文化氛围的陶养，只能是某类士人的专利。不饮茶、不懂得茶艺的叔子，自然难以领略林时益种茶制茶中包含的雅趣，那一种细腻而清幽的风味。林时益在这样的友人间，也会感到落寞的吧。

36

　　林时益不同于他的易堂朋友的，还有晚年的吃斋念佛。邱维屏撰文祭林氏，说其人"先此几二十年已尝素食，日诵梵咒"（《易堂祭林用霖文》，《丘邦士先生文集》卷一六）。林时益则自比"散木"，无所用于世，也无所求于世（《章江舟次酬闵用昭》，《朱中尉诗集》卷一）。

　　伯子曾因孙无言"日日言归，更十载而竟未之得归"，说到"隐之至难"（《赠孙无言归黄山序》）。林时益的冠石耕山，不但安于贫贱，而且安于寂寞，较之同堂的魏氏兄弟、彭士望，所为也"至难"，非有他那种强毅、坚忍则不能——却像是并不被朋辈由这一方面欣赏。魏氏兄弟所失望于林时益的，就应当有世俗所乐道的"林下风致"。叔子《朱中尉传》说林时益"近十余年，益隐畏务，摧刚为柔，俭朴退让……晚又好禅，尝素食持经咒，尤严杀生戒，见者以为老农、老僧"。

彭士望《祭魏叔子文》，写到当叔子、季子年方壮，常许为林氏死；到林氏老病，"专艺植，逃禅，不留意世事，叔子曰：'吾向许君死，今不为君死矣。'确斋安之"（按确斋即林时益）。在我看来，这件事上，无论叔子或林氏，都气象阔大光明。林时益本人何尝没有"久隐苦穷隘"的感慨（《春日山中怀周伯恒宪使》，《朱中尉诗集》卷一）！岁月与日常生存的消磨令人麻木。对着怀有遗民心事的僧人，他也曾感到过愧恧（《送匡公还九奇峰》，同书卷三）。

林氏坚持自己的人生选择，却无妨其笃于友情。他曾在诗中一再叙述与易堂的因缘。由与易堂的关系这一面看，林氏不能像叔子、彭士望似地拥抱，也不像曾灿的游离，却以他的方式，表现出了平静而柔韧的，对于友情的坚守。

林时益与诸子交，实在算得上初终不渝。伯子曾对子弟们说，他的这位老友住在冠石二十余年，因了为儿子完婚而挈家回南昌，在南昌发病，没有来得及行礼，匆忙离别了妻子而赶回易堂，说："吾病恐死，欲死于吾朋友。"更令伯子感动的是，林氏在自己的诗中，却"不作矜重激切之词"，比如不像别人那样，"重言朋友，则务必轻言妻子"——伯子由此而更加领略了其诗其人的"深厚安雅"（《与子弟论文》，《魏伯子文集》

卷四）。

侨寓宁都期间，林氏曾数度返回南昌，每一次都去而复来。"康熙七年，诏故明宗室子孙众多，有窜伏山林者，悉归田庐，姓氏皆复旧"，而林氏"寄籍宁都久，不乐归"（《国朝先正事略》第 1038 页）。他早已将赣南这一片土，认做了埋骨之处。

林时益病肺，且有消渴疾。方以智在冠石，曾"即茶说法"，向他讲授为学及生存之道（《己亥季夏郭家山呈别木大师》）。林时益晚年的奉佛，或也因了方以智的启发；而在方氏，则未必不是因病施药——方以智本通医术。远山疏林，落照暮烟。衰病的林时益，只能任岁月由末耜间流过，由岩下梅花、陂上茶树间流过。

由叔子的《朱中尉传》看，林时益原是豪杰之士。叔子说林时益居冠石种茶，"酒后亦往往悲歌慷慨，见精悍之色"。林氏本人则一再提到杜甫的所谓"斫地歌"，应当就是那首"王郎酒酣拔剑斫地歌莫哀，我能拔尔抑塞磊落之奇才"（《短歌行赠王郎司直》）。当着酒后，坐在"农牧樵贩"间，林氏的豪杰神色，或许如云隙中电光的一闪，只是不为迟钝的乡民察觉罢了。

37

隐，是要有条件的，并非谁人都能。林时益说"诸子成吾隐"（《乙未除夕同吴子政始入冠石草堂……》），这"诸子"，就是叔子所描画的那几个追随林时益且耕且读、被称做"冠石子弟"的少年，林时益的儿子楫孙（舟之），易堂门人吴正名，和来自九江的任安世、任瑞叔侄（《翠微峰志》以二任为堂兄弟，误）。任氏世袭九江卫官，这两个少年是由幸存的长辈带到宁都来的。

任氏叔侄的事，季子记之甚详（《送任道爰同诸子幼刚归九江序》，《魏季子文集》卷七）。据季子说，任安世随林时益耕山的时候，还不到二十岁，"学力作，暑雨勤不息"。到季子撰写《任氏迁家序》，二任、吴正名住在冠石已三十余年，且"各成家室，长子孙"。仅由几位"冠石子弟"，也不难想见林时益的人格感人之深。

在易堂先生们的笔下，这是几个生龙活虎、耐劳苦的少年，他们"负耒诵经，日作宵诵"（《与王乾维书》，《彭躬庵文钞》卷一）。林时益也有类似的描写："出门俱秉耒，入夜始横经。"（《冠石怀道爰兼示楫孙》，《朱中尉诗集》卷三）对任姓少年，林时益尤其充满了爱意，记述不厌其详。

这批生长于艰难岁月的少年，与他们的父辈已有不同——尤其生存能力。他们长在山中，各各练出了好身手。彭士望那篇《易堂记》极写山行的艰难，他人视为畏途，而"诸子矫捷者，间避潦著屐行石中，或自负物，冠石子弟为尤健"。你不难想象几个包着头帕的年轻人，猿猱般在山石间疾行。季子说二任"蓬头跣足，手泥土，身短后之衣，时负木楗入城市，视之直与深山佣奴等"（《送任道爰同诸子幼刚归九江序》）。诸子未必能这样放下身份，当着从旁观看时却不无惊喜。只不过这些着了鞋或木屐的前辈，赞叹着赤了足的子弟们矫健的身手，用眼光爱抚着那舒展有力的身姿时，不免将少年们的生活诗意化了。

林时益的儿子楫孙死于甲辰那年（康熙三年），是易堂子弟、冠石子弟中最先死者，或许也是易堂两代人中的先死者。那年他二十七岁。据季子说，林楫孙是死于劳作的（《林舟之碣文》）。倘若真的如此，自然应当看作林时益冠石耕山的一份代价，也令人瞥见了那幅"古画图"背后的血泪。尽管这时吴姓、任姓少年都已在当地成家，"相与戮力耕山如故"。

孙奇逢举家迁到辉县，曾令诸子侄"学稼"。屈大均、张履祥的文集中，都有从事农务、园艺的记述。但我猜想那多半是所谓"课耕"，率僮仆或督佃农耕，胼手胝足、"暑雨勤不怠"的，只能是"冠石子弟"一流人物。彭士望《与王乾维书》中说道，"弟今岁佣耕魏善伯田于草湖"，门人"率健仆身亲力作"。或许诸子的生计部分地赖"子弟"（主要即门人）的劳作，不独林氏为然。季子到了晚年也移家城中，留在山中的，是"冠石子弟"。将山中岁月当作了生涯的，只能是也不能不是这些易堂后人。

叔子曾说自己"不能持锸荷钱，作勤畦圃"（《内篇二集自叙》，《魏叔子文集》卷八）。他的《题友人烟雨归耕图》，也说："我欲持三尺耜，与汝耦耕，两手无力，足不得行"（《魏叔子诗集》卷二）。他将自己与"冠石子弟"比较，自说"生平一无所长"，即使避乱山中，也只能以"教授"为事，而"不能荷锄把钓"（《与富平李天生书》）。但叔子未见得真的以"不能荷锄把钓"为憾，他欣赏的是诸葛亮式的身在茅庐而熟于"时务"，对于仅以"谋食"为目的的"躬耕"，本不以为然。在《杨仲子躬耕图记》中，他用了轻嘲的口吻，说幸而杨氏独耕而非"耦耕"，"不使其友共为老农，与牛犊牧竖对"（《魏叔子文集》卷一六）。他对于林时益晚年生活态度的失望，也应基于这种价值立场。

这是发生在鼎革之际的人生故事。在更大的变动到来之前，士夫及其子弟，不能不沿袭前辈的命运。冠石子弟的后代，想必不大可能保有亦耕亦读的风雅，他们或困守田畴，或重返城市（也即"士林"），想来不会有别种命运的吧。

38

林时益死于康熙十七年（戊午）七月中秋之夕。叔子说林氏死，他曾"视疾三日夜，手亲含殓，举尸扶头以入棺"（《哭涂宜振文》，《魏叔子文集》卷一四）。那天彭士望没有来得及赶回，易堂同人中，在林时益身边的，只有叔子和彭任。

此时的曾灿，正客居东南，尚无归意。

当初林时益就不同情于曾灿的远游，说"为农方得耦，何以遂南行"（《己亥冠石送曾止山之旧京……》，《朱中尉诗集》卷三）。其实人各有志，林氏的生活方式，显然是不宜于曾氏兄弟的。叔子病逝的那年中秋，曾在邓尉与曾灿联榻夜话，其时彭士望父子也到了这里，"故乡亲旧聚处于三千里之外"（魏世傚《曾若思二十序》），事后看来，像是冥冥中有所安排。

叔子去世后，曾灿不胜怆痛，最令他遗憾的，是自以为未尽"朋友终始之谊"（《哭魏叔子友兄文》，《六松堂诗文集》卷一三）。他一再说自己辜负了叔子的期许。他回忆起邓尉的相聚，枫桥的话别，记起"枫桥联床之夕，酒酣耳热，慷慨言天下事"，当此之时，叔子鼓励自己"爱惜躯命，早图还山，以待上元，勿徒以贫贱困厄为戚"。言犹在耳，而斯人已逝，岂不痛哉！他还说到叔子死时，自己竟浑然不觉，甚至梦寐中也不曾得到任何暗示，真的是见绝于此友了！

在这之前，曾灿就曾因了知交间的疏远而黯然神伤，叹息着"如何三十年，志气日枯槁。遂使金石交，反不如年少"（同书卷二《长沙杂兴》）。晚年的诗作，更是每有旧雨凋零的感喟。"故乡良友归山邱，硕果止存二三耳"（同书卷三《长歌送朱悔人游长安……》）。他甚至叹息着"此生难报故人恩"（卷七《长至前三日侨西城桥婴奇疾头大如匏……》），听着清夜的柝声，感慨于"世味"之冷、"交道"之薄，文字间弥漫着颓唐的气氛——叔子的期许，为曾灿造成了何等沉重的精神压力，以至这一"友情债务"令其不胜负荷。

曾灿甚至梦中也听到了友人的指摘与催促，魂魄为之不安（"昨梦山中友，言予不早归"，卷五《邓尉山中岁除》）。在叔子那班人，还山，意味着回到正确的人生轨道，返回合乎道德的生活。曾灿却以为吴越风土更适于他的性情。他甚至打算"买地三吴，挈家为终老之计"(卷一二《王春如诗序》、《谢昼也诗序》)。曾灿与其胞兄曾畹的气质、作风，的确也更近于吴越之士。曾氏的漂泊东南，也如彭士望、林时益以外乡人终老冠石，未为不幸，或许正是各得其所。而他的选择游幕，也如林氏的选择耕山，可以理解为保有自己的面目，虽然这一选择另有代价。无论曾灿还是林时益，不肯屈己从人，即使为知交责难也在所不惜，毋宁说证明了各自是性情中人。易堂诸子本有合有不合。在易堂长幼的笔下，曾灿因了生性坦白、无缘饰，纵然漂泊"乞食"，襟期也不曾失却光明。

季子之子世俨是曾灿婿，此婿说他的岳丈"常以客为家，十数载始一归"(《同蔡舫居祭外舅曾止山先生文》)。对于易堂，曾灿可能从来不曾准备"投身"其中，即以此友朋为性命。任何一个群体，固然有领袖、有中坚，也一定有被动的参与者、偶尔的进入者。在魏氏叔季、彭士望所珍爱的这"堂"中，魏、彭占据了中心位置，季子、邱氏每有热烈的应和，李腾蛟、彭任通常像是隐没在灯火不到之处，而曾灿则如夜行人，只是在途经此处时，为灯火与人声所吸引，推门而入，参与了一回议论而已。那灯火人声也许会长久地留在他的记忆中，他却不会为记忆所魅惑，而将自己的"生涯"与这场所粘在一起，而是任由实实在在的"生计"所左右，随时将生命之缆系在那个能带给他满足的地方。

陈恭尹晚年的"交接",时人视为节操之玷的,通常被由陈氏的政治处境的方面辩解,他本人却提到了物质生活的压力,即"生事日繁"(《增江后集·小序》,《独漉堂全集·诗集》卷二)。论遗民操守者所忽略的,往往也是这物质生存的方面。

39

易堂故事到了伯子之死,就有一点柱促弦急,动力像是消耗殆尽,这期间即使另有波澜,也不免平缓,如林时益的徙居冠石,如曾灿的远游。在我读来,愈趋平缓中,却渐渐有了悲凉意味,若有寒雾于水面上悄然升起。那是一种温柔而感伤的悲凉。

至于发生在时间中的诸种细微的变化,即使阅读"九子"的文字于三百多年后,也随处可以察知。叔子、李腾蛟讨论苏武别李陵诗,有感于苏武的"缱绻",竟一致认为"华夷各君臣,中外仍朋友"(《咏史诗和李咸斋》,《魏叔子诗集》卷四)。这种话,似乎非遗民——尤其明清之际的遗民——所宜言。

冯奉初撰写陈恭尹传,说三藩之变中一度入狱的陈氏,出狱后"恐终不为世所容,乃筑室羊城之南,以诗文自娱。贵人有折节下交者,无不礼接。于是冠盖往来,人人得其欢心。议者或疑其前后易辙,不知其避祸既深,迹弥近而心弥苦矣"(《独漉堂全集》)。在我看来,更可能是一些较为方便的解释。事实是,即使较之陈氏远为顽强者,也不能免于时间中的变化。晚年的叔子就曾对友人说："我辈抱大冤恨不得伸，孰有过于二三十年之事，今且一切放下，则又何事不可放下者！"（《答友人》，《魏叔子文集》卷七）

遗民中的后死者，有机会于康熙朝遭逢盛世，谷熟年丰，吏治清明，这对于他们，无疑是一种交织了欣喜与苦痛的经验。叔子以他的诚实，无意于掩藏他的内心矛盾。他有《纪梦》一诗，语意隐晦，记他在梦中对亡父说，"今年天变良已极，时平物贱岁屡登"，说罢竟"不觉痛哭声俱失"。同一首诗还记与诸生讲学，自己由上座厉声问一生："汝今温饱谁之德？"（《魏叔子诗集》卷五）——那么究竟是谁之德呢？这诗中一大一小"两日"的意象，尤其值得玩味。那"新日"的所指，是不难想到的。

晚年的季子也曾对友人说："天下事且以不了了之，而吾之不了者，自有了之之道在。"（《与李元仲》）此札作于康熙二十二年（癸亥）。魏世俲三十一岁那年，作父亲的历述他的这个儿子所经艰危困厄，说："自兹三十年以往，天道更新，人事将休复，或者其有所待也。"（《魏季子文集》卷一二《长儿世俲三十一岁乙丑腊月示记》）

顽强如梁份者，也感叹着河清不可俟，引熊兆行（见可）的话，说"逆天之民，不得行其志"（《熊见可先生哀辞》，《怀葛堂集》卷八）。王猷定也慨叹着"仰视穹苍，不知其所照临者，竟何在也"（《祭尚宝丞刘公文》，《四照堂集》卷一一）。倘若真的以明清易代为

"天意"，将赖什么作为道义支撑？

但叔子、季子、梁份们，仍然属于遗民中不易"销铄"者。梁份状写叔子"目光炯炯注射人双眸子"（详见下文），最是叔子晚年神情。晚年的季子也仍然以其纪年方式，明示了不曾放弃遗民身份，令人可感其人的"定力"。"与天地争所不能争"，正是遗民所以为遗民，也是叔子之为叔子。遗民固然不能免于时间中的消磨，却也有消磨不尽者。一代人的顽强执著，正在这类细小之处留一证据。

遗民承受着时间的逼拶，也以对时间的抗拒，作成反抗命运的姿态。此中固然有悲凉，却也有英勇的吧。

40

发生在时间中的，有聚散，更有生死。伯子早就说过，"人生有大聚者，必有大散"（《寄世杰》，《魏伯子文集》卷二）。大散无过于生死之际，这也是最终的散。

伯子死的那年暮春，叔子撰写关于魏世俶《耕庑文稿》的文字，自署"勺庭老人"。就在这个春天，叔子住在广陵山中，有书札给他的兄弟，写得极为动情。当时他借住僧舍，说"庵在万山中，五里先后无人家，鸡鸣狗吠之声不至"，两个僧人天黑就上床，一旦上灯，"佣奴"也倒头便睡，自己曾"夜独坐至四五十刻，一灯晃晃，万籁寂寥，高诵秦汉人文字，邃谷流泉，若相响答"（《寄兄弟书》）。叔子文集中，写给兄弟的，这是最长的一篇文字，回环往复，情意绵绵，语气却已然苍老，自说"须白齿豁"，"揽镜自照，殊怀凄怆"。同年秋天，叔子在广陵又见到王源，源年已三十，"颔下须已长四寸，目光闪闪逼人"，叔子不禁自叹其老（《信芳斋文叙》，《魏叔子文集》卷八）。这年他五十四岁。

很少有人能像遗民那样，保持着对于岁月流逝的极度敏感，如此持久而紧张地体验着"时间"的。瓦解遗民群体，使这一族类最终消失的，确也是时间，是时间中无可避免的死亡。这是发生于天地间的大聚散。不止一"族类"，一种人文风貌、文化意境，不也系于一代人、几代人的存殁？

易堂诸子中最先去世的，是李腾蛟，在康熙七年（戊申），同年星子的宋之盛"中风暴卒"。李氏去世前已失明，"偃蹇乎一室之中"（《同易堂祭李少贱文》，《魏叔子文集》卷一四）。据季子说，李氏"病革，犹与易堂兄弟谆谆谈议，命门生歌诗以自娱"。丧仪似乎也颇隆重，"卒之日，白衣冠来吊者盈于路，哭声震屋瓦"（《宁都先贤传》）。这年，叔子作诗哭宋之盛，叹息着"又弱一个矣"（《戊申八月十日哭匡山宋未有先生》）。此后是伯子之死。接下来即林时益。林时益病故的次年，叔子致书施闰章，说"易堂诸子，希如晨星，不胜俯仰之感"（《答施愚山侍读书》）。这年邱维屏病噎死。

叔子哭祭戚友的文字多了起来。哭姜埰、归庄，哭伯子，哭伯子之子，哭林时益，哭吴钽，哭相继凋丧的其他友人。叔子本来就长于倾诉，何况是向着死者的倾诉！这也正是遗民相继死亡的时期。到叔子去世之前，陆世仪、张履祥、孙奇逢、张尔岐等人已死。遗民历史到了后来，竟是由一个个卒年为时间标记的。墓表碑铭，本有此诸体，然而当此际，家国身世之感寻求发抒，长歌当哭，毋宁说是别具节调的诗。倘若汇集了遗民文集中的碑铭祭文，应当是一篇遗民祭、遗民自祭的大文字的吧。孑遗之民不能不面对那片令他们伤心惨目的风景。

由其时士人的文字间，随时可以听到"又弱一个"的喟叹。一个时代、一代人文，正随着这些讣告祭文而逝去，其中有惟遗民才懂得的苍凉意味。"易代"自然系于王朝存亡，而"代"之"易"在无数个人的生命史中，有远为复杂的性质，其间夹杂了细致丰富的痛苦，是你由史家的记述中无从得知的。明清之易代也正完成于、实现在这无数个人的日常经历中，实现、完成在他们琐碎的苦痛中。

讽刺的是，所谓的"康乾盛世"，正于此展开。

叔子有"头风"宿疾，病逝的前一年曾就医泰和。他说，"吾家五世无六十上人"（《寄儿子世侃书》，《魏叔子文集》卷六），对自己的"寿限"很有一份清醒。在上面说到的致兄弟的书札中，也说倘若天假以年——他的希望不奢，不过再活六年——他将在满六十岁之后，

"绝笔不复作文,优游歌啸翠微之上,以待尽耳"。但"天"吝于这种给予。叔子去世在五十七岁上。

康熙十九年(庚申)的八月,病重的叔子客居真州的桃花坞。他以往曾来过此地,"舟行二十里,若泛明霞"(《树德堂诗叙》)。故地重游,自不会再看到一溪桃花,桃树下的水流想必依然清冽。不过两三个月后,叔子就病逝在仪真(今仪征)舟中。彭士望说"野死",未免过于悲凉。其实,山居而舟逝,未必不是叔子所愿,何况死在访友的途中,对于叔子后二十年的生涯,与他一生的追求,未始没有某种象征意味。

彭士望冒雨奔丧,据他事后记述,那晚他曾与彭任、季子联榻,叹息着"所谓'易堂'者,仅此三人而已"(《与门人梁份书》)。是时彭士望已届古稀,内心的凄怆可知。不知那一夜三个人说了些什么,在断断续续的交谈间,是否会记起翠微峰上的雨夜,于雨声中察觉到了不远处叔子的声息?

叔子去世十年后,季子为叔兄撰写"纪略",悲从中来,忽然记起兄弟三人坐谈到子夜,"于时残月在山,天地空寂",其间伯子说到他不愿承担失去其弟的苦痛,愿意先于其弟而死。季子说,哪里想到竟是自己独任此悲苦呢(《先叔兄纪略》)。

魏氏兄弟当着盛年,似乎就对这一不可避免的大散怀了恐惧。他们不能自禁地一再谈到死,也应因了惟有死是完美的伦理意境所无从抗御的破坏力量。

《魏叔子文集》书影

41

叔子病逝的那年，季子像是已不复有当年豪气。送晚辈远游，他不胜感慨，说："我昔颇健游，廿年足未停。"现在却只能空谈了（《庚申夏吴子政由湖东往浙江感赋送之》，《魏季子文集》卷二）。这期间季子得了胡长庚（星卿）的书札，其中有"自世俗视之，遂谓尊家多难；自愚论之，一时何得有此奇特事，家运正好，万勿自疑也"云云；季子于此，也颇发挥了一番"人定胜天"之义，却归指于"为道日损"（同书卷八《答李元仲书》）。季子也老了，那一套处"缺陷"的策略，正合上了《老》、《庄》的辙。在这种时候，《老》、《庄》的确指点了某种精神归宿。林时益晚年喜禅；就上述书札而言，季子的思路则近《庄》。烈士暮年，并非总能"壮心未已"。

令季子感伤的是，叔子之死不足两年，"即布衣之交，已多去者日疏之感"（《答丁观察书》）。亲戚或余悲，他人亦已歌，从来如此，并无关乎人情寒暖、世态炎凉。只不过遗民对此，别有一种敏感罢了。

施闰章曾殷殷嘱咐季子"摧壮心，养余年"，"毋雄谈负胜气、为好事者所指名"，庶几保全身名，"全处士之义"，可谓语重心长（《魏和公五十序》）。晚年的季子，不待此种提醒，自与盛年有了不同。伯子五十八死于非命，叔子病逝在五十七岁，惟季子过了六十这道坎。看过了如许的生死，经历了那样多的事件，虽声光不免日趋黯淡，晚年的季子在"吾庐"的岁月，像是有了一种意味深长的宁静与恬淡。许多年之后，他仍然会对故交的后嗣提起易堂旧事，但那确已是过去的事了。那些激情的岁月，翠微峰上的争论、互规，冲风冒雨的远行，伯兄父子惨死后撕心裂肺的痛楚，都已成过去。甚至忧世伤时的情怀，也在时间之流中渐归平淡。由文字看，季子余下的岁月，充满了琐屑、日常的欢乐。他会在"人日"与子弟友人看石垅上的油菜花开（《石垅看油菜花……》，《魏季子文集》卷二）；会在一个悠长的春日，"闲弄两孙"，或袖了手随着由塾中归来的孙子在夕阳中走（参看同书卷四）；也会在一个落雪的日子回到山中，对人说那生活很适意，"闲为妇择冻米，颗颗精细。时看儿子弄冰箸，作山石形，藤蔓牵拂其中，青翠映澈。薄醉则陶然隐几，觉甚乐也"（同书卷九《与曾省之》）。

晚年季子的生活圈子显见得狭小，由彭士望、林时益"骎然"开启的世界，渐渐向他关闭，诗文中现出怡然自得的神情——给人看到的，是"僻邑"宁都的一介老书生。他的诗作后面，侪辈的评语渐次隐去，那些消失了的名字带走了他们的声音；出现在诗题中的，多是晚辈的名字。其中彭姓者，或即彭士望、彭任的后代；曾姓者，也许是曾氏兄弟的后人。偶尔也会有故交的子弟由遥远的广东来访，他会问到故人是否无恙（同书卷四《送萧有缉归南雄遂往广州二首》）；另一时有南丰友人的后裔来叩门，他也会感慨地说起"两堂"即程山、易堂的旧事（同书卷九《别封右瞻》）。他仍然会向别人讲到易堂的"真气"，尤其诸子的互诤，不胜今昔之感（同书卷八《答李化舒书》）。

彭士望卒于康熙二十二年（癸亥），曾灿死在二十七年（戊辰）。季子是三十四年（乙亥）去世的，享年六十有七，同一年黄宗羲死——其时叔子故去已有十五年，"易堂九子"在世者，仅彭任一人（彭死于戊子，享年八十五岁）。不是死于山，而是死于城，像是非季子夙愿。他的长子世俶说："自甲申以迄乙亥，凡五十二年，先大人未尝一日忘天下，亦未尝一日忘此山中也。"他说父亲生前曾说过，自己身后"神魂所依"，将"箨冠竹杖而出入林木间"，当时曾令他的儿子为之悚然（《享堂记》）。

42

易堂的历史，却并未因了季子、彭任的死而终结——魏氏子弟还在，梁份、"冠石子弟"还在。尽管除了梁份，其他后人的声音远不如前辈响亮，甚至不能达于山外，达于宁都这僻邑之外。

尚小明的《学人游幕与清代学术》有关于遗民的代际划分，将万斯同、朱彝尊、黄百家等人，归入"小一代遗民"。该书说："这里所谓小一代遗民，是指崇祯年间（1628－1644）出生的遗民子弟。清军入关时，他们中年龄最大的不过十六七岁，许多人只有几岁。"（第16页）在我看来，用了尚氏的标准，刘献廷、梁份等人，较之朱彝尊、黄百家，更可称"小一代遗民"。

梁份也是性情中人，却不同于叔子，有一种粗豪的气概。梁份经历中的那段复仇故事，说得上惊心动魄。那故事是：梁份的岳丈为人所杀，梁份杀了那人，"刳其心肝"，祭他的岳丈（据乾隆三十年刊本《南丰县志》卷二六《人物》）。那个时期的复仇故事大多类此。如季子所写揭暄为父报仇，获贼，"磔而生祭之"，"手戮之，啖其肉"（《揭衷熙揭暄传》，《魏季子文集》卷一五）——其时的人们不但不以为异，像是乐道这类血腥的故事。似乎手上沾了血，才更足以作为"豪杰"的身分证明。你由学术史，是无从领略梁质人的这一种风采的。"易堂九子"及子弟门人中，梁份或许是有此种记录的惟一的一个。

学术史也不会如叔子那样地告诉你，梁份其人"性好睡，与人匡坐，少选则鼾声动四座"。当然份也有极其清醒的时候，比如他住在龙当山，此时"贼昼夜攻之，份料守御事，睫不交者旬有余日"（《门人梁份、吴正名四十序》，《魏叔子文集》卷一一）。

林时益评论梁份，引了孔夫子的话："其知可及也，其愚不可及也。"说梁份这人，"殆所谓愚忠愚孝者乎？"（语见《梁质人四十序》，《魏昭士文集》卷三）如上文所写到的梁份在三藩之变中赴长沙为韩大任向吴三桂乞援，就可以作为"愚"的一例。那种事，是他的易堂师长们绝不会做的。另如他为了抒发遗民情怀而谒明十三陵，绘制明陵图说，竟用了步测，就那么一步一步地量过去。即使当时的舆地学者，肯这样做的，也不会有另外一人。这时已是康熙四十二年（癸未），刘献廷、万斯同都已故去，梁份此心耿耿，犹未被岁月所消磨，其"愚"确也不可及。

像他的那些易堂先生，梁份也喜欢远游，只是游起来也"愚"得可爱。他曾向当道募了钱，一直走到连季子也梦想未及的西部边陲，睡在土炕上，说那里的虱"大如瓜子，多至可掬，一土床藏可数升"，"移衾绸卧地上，则从屋椽间自坠下，如雨雹密洒，历历有声"（《与八大山人书》，《怀葛堂集》卷一）。这一种游，无疑是对于体力以至耐力的挑战，足证其人的强毅，无愧于舆地学者；更何况梁份的动机，更有在学问之外者！

由此看来，梁份舆地学的成就，多少也系于他的"愚"。倘若并非"不世出"的大才，而要做成一点事，多半要有一点"愚"的吧。明清之际有遗民倾向而志在经世者，如梁份、王源，往往骨节峥嵘，睥睨一世，不汩没于世俗荣利，举世不见知而不悔，其"愚"其"强"，正有人所不能及。

梁启超对易堂不屑意，他所撰写的学术史对梁份却不吝称道。梁份从易堂先生游，其舆地之学不消说另有渊源，非得之于彭、魏无疑。王源序梁份的《怀葛堂集》，说梁氏的文字师法叔子。近人汤中自序其《梁质人年谱》，以为梁份所作，"实突过其师魏禧之文"。而与份同时的姜宸英的说法是，叔子之所以为天下所重，也因有了梁份这一弟子（《怀葛堂集·序》）——叔子死

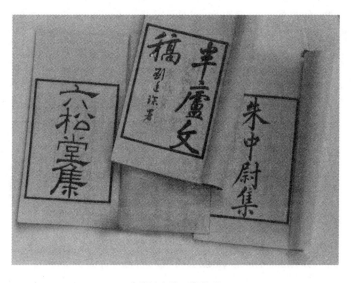

《六松堂集》等书影

去不算太久，就有了这样的议论。

彭士望《祭魏叔子文》，说叔子卒于仪真，"门人梁份从"，似乎梁份当时在叔子身边；实则叔子病逝时，梁份正在校雠叔子的文字，并不在其地（《哭魏勺庭夫子文》，《怀葛堂集》卷八）。此时的梁份，正在"不惑"之年。

梁份为叔子所器重，他对于叔子，却像是心情复杂。他由南丰到宁都，本是彭士望的门人，彭氏却命他从叔子游。叔子死后，梁份说到叔子曾对他高声朗诵自己的诗"我有鞘中刀，空床徒徙倚。欲以贻及门，未知谁者是"，同时"目光炯炯注射人双眸子"，而份则"垂首不敢复仰视"（同上）。他说正因了深知叔子，反而怕自己"慕虚名而情文有所不尽"。可知叔子生前，与梁份并未"正师弟之谊"。这固然可以解释为因珍重此道而不肯苟且，也未必不能察知梁份的倔强自负。

由事后看，叔子、彭士望所谓"造士"，实际造就的，不过几个子弟门人；其中最有作为、堪称易堂"后劲"的梁份，却已不便仅用了"易堂门人"这名目指称。时势比人更有力量，或许应当说，是那个严酷的时代，与经世致用的风气，造就了梁份这样的人物。《宁都直隶州志》卷一一《风俗志·宁都州》列举易堂门人中"能恪守师法，不失渊源"者，没有提到梁份，却又不知出于怎样的尺度。

上面引过的那本《学人游幕与清代学术》，写到"小一代遗民"清初的生涯，说朱彝尊"曾秘密参加过抗清斗争。但是，从顺治十三年（1656年）起，他开始了长达二十余年的游幕生活，并且以广东布政使曹溶——这位在多尔衮攻陷北京之初即投降清廷的著名学者，作为他的第一位重要幕主，这意味着朱彝尊实际上已接受了满族人的统治"（第28页）。刘师培《书〈曝书亭集〉后》也以朱彝尊为失节，有"冷落青门，忆否故侯之宅；萧条白发，难沽处士之称"、"晚节黄花，顿改初度者矣"云云。

尚小明的那本书还说："万斯同、顾祖禹、刘献庭、黄百家等纷纷加入徐乾学幕府，表明清政府的笼络政策收到一定的效果。尽管这些有遗民思想的学者拒绝接受政府授予的官职，但他们参与官方的修书工作这一事实本身，已经表明他们对新朝的态度发生了微妙的变化。如果说纂修《明史》是他们对过去一段历史的总结的话，那么，参纂《大清一统志》则表明他们对新朝统治的认可。"（第69页）关于叔子、彭士望的知交顾祖禹，该书说："《一统志》粗成后，徐乾学欲列其名于上，顾祖禹'不可'，'至欲投死阶石始已'。顾祖禹试图以拒绝列名《一统志》，来表达他对明王朝的最后一片忠心，然而，他毕竟参与了《大清一统志》的纂修，如同万斯同参修《明史》一样，表明他已完全默认了新朝的统治。"（第27～28页）

"小一代遗民"如梁份者，晚景不免凄凉。王源序《怀葛堂集》，说当时的他与梁份"俱落拓京师，穷且老依人"，"怅怅然白头相对，俯仰一无可为"，潦倒燕市，酒阑烛跋，怀旧述往，当年的豪举，都成前尘往事，清平世界，无以消磨壮心，只能与同志者相对嗟叹而已。王源与梁份的这一种英雄末路、无可施为的痛楚，是朱彝尊、黄百家辈体验不到的吧。

刘献廷死于康熙三十四年（乙亥），朱彝尊死在四十八年（己丑），王源卒于四十九年（庚寅），梁份则活到了雍正七年（己酉），是"小一代遗民"中的后死者。至此，"易堂后"历史应告终结，余绪也飘散在了绵延的时间中。

到"小一代遗民"渐次故去，一个朝代漫长的尾声终于消歇——是如此千回百转的悠长余音！

43

彭士望、季子都一再说到易堂子弟"无恒父师"。无恒师较易于解释，至于无恒父，则应因了彼此视同家人，且以培育"易堂子弟"为共同责任。

叔子作《季弟五十述》，说他的"述"，是述给易堂后人（"俾尔曹子孙知之"），述给身后的无尽的日子的。季子也"述"之不已，似乎相信只有不断地讲述，才能使子弟以耳代目，将上一代人的易堂记忆植入脑际。叔子曾对李萱孙说："东莞九姓之裔，十数世如宗族家人，吾易堂岂可再世如路人乎？"叔子说到他的三个心愿："一愿天下有枝撑世界之人，一愿后辈有枝撑易堂子弟，一愿吾家有枝撑衰门子弟。"（《里言》）

魏氏子弟像是对易堂的存续有一份特殊的关切，他们以"易堂子"、"易堂先生子"自我指称，称同侪为"同堂通家子"，赋予了"易堂子弟"这身分以庄严性。"冠石子弟"吴正名序魏世俨的文集，说其人"不徒欲学易堂之文章，直欲继踵其行事"（《魏敬士文集·序》）。世俨也说魏氏兄弟欲"纠合同堂弟兄子侄修复易堂旧业，仰承九先生之志，使薪尽而火传"（《同兄弟祭彭西畴文》，同书卷六），却像是并没有得到热烈的应和。由世侢《答彭汝诚书》（彭汝诚为彭任子）看，易堂后人间，已有"分崩离析"的迹象。我注意到彭任"示儿"诸简牍，说静坐，说制义，几乎没有一个字及于"易堂"。李萱孙序林时益的诗集，关于易堂，竟也只字未提。

情况很可能是，世侢、世俨兄弟对于"易堂"的不厌其烦的提示，也如叔子当年对易堂的过分热烈的拥抱，使侪辈感到了压迫。事实上，使易堂成其为易堂的那些条件，至此已不复存在，易堂子弟不可能再聚成一堂，重演前辈故事。当那个充满危机的时刻渐成过去，沉重的道义要求，已显得不大合于时宜。将一种精神的承继，寄托于生命的链接，本是不可期必的事。季子之子的面目，不是也已不可考？他们多半融入了清定鼎后的岁月之流中。

较之父辈，魏氏子弟不免声光黯淡。但你可以相信，几个有血性的少年人，曾在这片山林中生气勃勃地生活过。较之于此，当世以及后世的声名，或许并不重要。正是这样的遗民后代，将"遗民"这一现象在时间上延展了，也将晚明的某种遗风余绪，带进了另一个时代。政治史上断然分割的朝代，在个体人生中，在人的生动具体的生存经验中，其边界失却了清晰性质。两个朝代之间的犬牙交错、彼此缠绕，其关系的复杂性，几乎不可能诉诸描述。

终于有一天，易堂在风尘颓洞中失去了消息。

王源生前说，自己曾"细访江右人文，大不及曩时。自易堂诸君子殁，汤惕庵、谢秋水诸先生相继谢世，后起者率多浮沉，独蔡静子、梁质人古文可称后劲"（《与梅耦长书》，《居业堂文集》卷六。 汤惕庵，汤来贺；谢秋水，谢文洊）。王源与梁份同时，与叔子有过交游，所见已经如是；到蒋方增撰《重刻树庐文钞叙》，所见"易堂旧址已半没于荒烟蔓草间，而邱、林、李、曾皆式微，仅三魏氏尚多继起，与躬庵先生后人犹往来不绝"（《树庐文钞》）。

南丰—星子

44

与宁都对于易堂的珍视适成对比，南丰大约因为有了曾巩一流人物，明清之际的谢文洊和他的"程山学舍"，似乎已不大为人所知，倘若没有县文联的曾先生奔走询问，我们或许会放弃了对于学舍遗址的寻访。

彭士望《程山堂碑记》："程山居城西，偏石圆砥，可坐数百许人，在独孤及弹琴马退石之左，林塘幽阒，修竹翳如，堂三楹，馆室亭榭凡数处。"（《树庐文钞》卷八）那块巨大的圆石居然还在，其上是一座地藏寺。曾先生说，"琴台晴雪"，曾经是"南丰八景"之一；地藏寺后的山下，现在还有池塘数处。这一带原有"程山路"；看来至少不久前，"程山"还被人们以这种方式记忆着。

同治十年刊《南丰县志》四《山川志》："若夫山之在城中者，曰马退山……唐县令独孤汜尝月夜偕弟及抱琴游此，后人琢石为琴形，因名琴台石。"琴台石下即

南丰·地藏寺

程山，亦曰程家山，谢文洊讲学处。谢本量《秋日登程山》诗曰："极目苍凉地，秋风扫故庐。先人一片石，此日半园蔬。心事沧桑外，生涯薇蕨余。空堂悬俎豆，不解读遗书。"（诗见民国十三年刊本《南丰县志》卷一《山川》）——正与易堂的荒芜相映照。

明代宁都属赣州府，南丰属建昌府。我们乘车由宁都到南丰，不过用了一个多小时，而三百年前林时益探访谢文洊，舆中舟上，竟有三日的行程（《癸卯五日早至程山值谢约斋先生外出》，《朱中尉诗集》卷四）。交通的不便，并不曾妨碍易堂、程山中人频频往还。

"易堂九子"因有伯子，不能算做"遗民群体"；程山六子也出处不一，其中黄熙（维缉）是以进士的身分到谢氏门下的，且如上文说过的，"常与及门之最幼者旅进退"，"唯诺步趋惟谨"（《黄维缉进士五十序》，《树庐文钞》卷七）。谢氏门下还有封濬其人，年四十有二，原是谢氏的友人，一旦执贽，即"俯首称弟子"（《封位斋先生墓志铭》，《怀葛堂集》卷七）。"六子"之一的甘京，也是"以平交从为弟子"的一位（《封位斋传》，《草亭文集》）。那个时代很有这类故事。

易堂的"无恒父师"，竟也扩大到了易堂之外。不但一"堂"之人互为师友，且令子弟受业于"堂"外之友。梁份因了谢文洊的推荐，得游彭士望、魏叔子之门，而彭氏则曾携了子、婿，"读书独孤之琴台"。因"笃服"顾祖禹，彭士望甚至以垂暮之年，行数千里领儿子师事之（《顾耕石先生诗集序》）。程山的甘京也曾

携子到易堂（《论寿甘健斋五十文》，《邱邦士文钞》卷
1）。不惟易堂，那个时期士人中志同道合者，即使对于
门人子弟也不肯"私"之，而将作养人才视为共同
事业。

不同于易堂，程山是个理学群体。谢文洊颜其堂曰
"尊洛"，将学术取向标得很明白。叔子说程山、易堂，
"各有专致"（《复谢约斋书》，《魏叔子文集》卷五），
说的就是易堂的经术、文章，程山的理学。宗旨、取向
有如此的不同，也无妨于叔子以程山为"性命之友"
（《与富平李天生书》），于此也见出气象的宽裕。

程山中人也并非都有道学方巾气，其中的甘京当少
年时，"风流跳荡"，甚至粉墨登场，"以身试优伶"
（《甘健斋轴园稿叙》，《魏叔子文集》卷八）——易堂像
是没有这等人物。这一时期的士人因了地域的聚合，难
免于成分之杂，或许也因而少了一点故明党社往往不免
的排他性？

至于程山、易堂两个群体进行的，是极其严肃的交
往。据彭士望的上述《碑记》，易堂诸子过程山，"必出
所撰著述，近日行事，讲贯连日夜，互为规益"。却也
有轻松的时刻。叔子就曾记述他在程山，酒后，站在池
边，受谢氏之命讲《左传》。"冬日和畅，微风动竹，日
影倒射竹尾"，叔子"倚树指顾"，"反复数千言"，"闻
者二十许人，皆欣欣动颜色"（《告李作谋墓文》）。这
真是一种美好的情景。

45

我的此行终于没有走到鄱阳湖畔的星子，因而易堂诸子常要说到的"髻山"仍在纸上。不知那里的匡山下是否还有白石村，宋之盛的后人操何种营生？用了魏叔子、彭士望的说法，程山、髻山与易堂，鼎足而三，所谓"程山理学"、"髻山节义"。季子说宋之盛"高义闻天下"（《同易堂与未有书》，《魏季子文集》卷八），想必那事迹当时传在人口，惜已不得其详。

同治十年刊本《星子县志·序》："星子为南康附郭，邑北与浔阳错壤，而庐阜介其中，襟江流而带蠡湖，实吴楚分域。"我曾望文生义，以为星子这地方，当有诸多小水泊缀在大湖边缘处，水光闪闪如星子。梁份却说，星子因"落星石"突起鄱阳湖中而得名（《查小苏九十序》，《怀葛堂集》卷三）。

上述《星子县志》卷一八《人物志》："宋之盛，字未有，国变后改名佚，又名愓，字未知，世称白石先生，与同里吴一圣、余晫、查世球、查辙、夏伟、门人周祥发讲学髻山，世称髻山七隐。""髻山七子"，或因了宋之盛筑有"髻山草堂"。县志卷二《山川志》："丫髻山，在县南四十里，形如三台，时起云雾，刘仙真人得道处。"

叔子曾在诗中写到"最怜星子城边树，行列分明似艺蔬"（《登五老峰》，《魏叔子诗集》卷七），像是到过其地。彭士望则访宋之盛而居髻山累月（《与宋未有书》，《树庐文钞》卷二）。叔子在南丰，曾与程山诸子、宋之盛有过旬日之聚（《谢秋水祭宋未有先生文》，《髻山文钞·附录》）。邱维屏对宋氏不胜神往，说"譬之匡山、鄱水，不一至其地，而已渟峙于众人耳目之间"（《易堂致宋未有书》）。

据说有"清初江西三山学派"的说法（参看《翠微峰志》）。程山谢文洊、髻山宋之盛，学程、朱者也。明清之际学术转型，宜归入宋学一脉，与易堂魏禧、彭士望本非同调。所谓"三山学派"，显然出自后世的捏合。毋宁说"三山"正微缩了其时发生于士类中的分途、分化。

至于叔子等人的以"程山"、"髻山"与"易堂"对举，固然意在扩大交游、联络同志，也未始不是在借此强调"吾道不孤"。而三个群体除了互有往还外，的确书信频传，且彼此辩难驳诘，不为苟同。在魏叔子、彭士望、宋之盛、谢文洊们，显然有较之学派立场更重要的东西在。谢文洊曾搜集了宋氏遗著，欲"合易堂、程山诸子订成定本……缮写以藏，俟图刻于后日"（《谢秋水祭宋未有先生文》）。只是不知道这工程实施了没有，谢氏所设想的，是何等样书。

刘献廷《广阳杂记》中说："江西风土，与江南迥异。江南山水树木，虽美丽而有富贵闺阁气，与吾辈性情不相浃洽。江西则皆森秀疏插，有超然远举之致。吾谓目中所见山水，当以此为第一。它日纵不能卜居，亦当流寓一二载，以洗涤尘秽，开拓其心胸，死无恨矣。"（卷四第188页）不知刘献廷是否到过赣南，所见"森秀疏插"的，或许是赣北的山。刘氏以北人而久居江南，想来不至于"阿私"江右人的吧。方以智"禅游江西"，住在这里十二三年之久，江右必有令他不忍舍去的理由。我猜想刘献廷所欣赏的，或许更是一种清新刚健的人文性格，如方以智所谓的"真气"。

一九七五年，我平生第一次由家乡南行，乘江轮过九江时，风雨突起，倚了船舷，看江岸瞬间阴晴开阖，初次领略了南国气候的诡谲，事后曾将印象写在了笔记里。那笔记还在。

"风起云涌。雨区急速推进，如一面巨大的帷幕，顷刻闭合。清晰的峰峦，被突然间抹掉，隐没在白茫茫的雨幕之后。江水连天，横无际涯。

"我奔向船尾。船尾的红旗闪着水光，刷刷地翻卷，终于卷在了桅杆上。

"电闪雷鸣……"

离开南丰的两天后，在南昌的一所高校，我向年轻人讲到了有明一代江右的人物，说我希望知道，是怎样的人文风土滋养了他们。其间也说到易堂，不知他们中是否有人能继续这种寻访，比如寻访方以智在江右的踪迹。我知道赣南之行将留在我的记忆中。我会怀念易堂诸子，怀念我在赣南遭遇的人物。我期待着江右学术、文化的复兴，未知年轻的一代是否准备了承担这样的责任？

（书中所用图片，"林时益像"为宁都县地方志办公室李晓明先生提供；"清水塘·杨廷麟纪念碑"、"赣州·中山路骑楼"为江一林先生拍摄；"大庚·古驿道"、"梅关"为刘照志拍摄）

附 录 一

翠微峰记

魏　禧

　　翠微峰距宁都城西十里，金精十二峰之一也，四面削起百十余丈。西面金精者，苍翠衮延如列屏，东面城，大赤如赭。中径坼，自山根至绝顶，若斧劈然，或曰长沙王吴芮之所凿也，张丽英飞升，盖即其处，相传自上古来无或登而居者。岁甲申国变，予采山而隐，闻邑人彭氏因坼（按应为"坼"）凿磴、架阁道，于山之中干辟平地作屋，其后诸子讲《易》，盖所谓"易堂"者也。予同伯兄、季弟大资其修凿费，丙戌春，奉父母居之，因渐致远近之贤者，先后附焉。

　　山左干起西阁，平石建木，檐牙窗户栏楯，出云木之半。右干作横屋，东面大江，城郭历历。东南隅，阁之腋搆草堂，阻石为池，莲花满其中，曰"勺庭"，予独居之。环屋树桃花，彭子躬庵诗曰："云中莲叶秋池艳，天半桃花春井香。"盖谓此也。

　　山前后各有并石如桃实，皆曰"双桃石"。自易堂廊门，经高柳，度方塘，北循左崖，乱藤幽荫，数十步，有泉从石罅出，味清冽，秋冬大旱，无绝流。潴以为井，而后之桃石当其缺，或谓之曰"桃井"。加露板为汲道，行人望之如云中。

壬辰秋，土贼四起，彭氏属于贼，诸子去之，彭氏遂据诸财物，因以胁诸子。于是邑帅遣人谋诛之，诡而登。彭氏衷甲饮之，顾谓其人曰："吾尝笑荆轲提一匕首入不测之强秦，自寻诛灭，岂不甚愚哉！"其人笑而不答。既与为观要害地，因左顾，遂发匕首，搤其喉，据石磔首碎之，复还饮所，取二佩刀去。山遂墟。明年，伯子归自广，卒复之，诸子之散处者咸集。以谓"彭氏既当罪，功不可灭"，乃祔而祀诸社。

凡登山，左自金精、右山塘，至者皆经前双桃石，迤北至山门，缘圻上镫（按应为磴）四十余步，穴如瓮口。登者默从瓮中出。侧身东向，偻行十余步，又直上百十磴，曰"乌谷"，谷如陶穴，鞠躬进之，上穹隆如屋。架楼其中，瞩蹊径、眺城邑，为守望焉。又上数百步，梯磴相错，凡数绝，乃至于顶。盖此峰迤逦竟里，旁无援辅，自下仰之，如孤剑削空，从天而仆。上则岐而三之，中高右缩左展，结屋者，必山翼。山中灌木郁勃阴森，见者疑有虎豹，然自猿狖飞鸟而外，则皆不能至焉。

庚辛间，有西北善兵者，至门而窥，去谓人曰："就使于瓮口砌其门，使三尺童子折荆而守之，虽万夫谁敢进者？"先是，丰城人数百里来觅躬庵，间关山下，遇樵者，指之曰："从此登。"客笑而怒曰："此岂人所到耶?"遂竟去。

壬寅三月，伯子将北行，画图于扇，命予记其略。或曰此山名"石鼓峰"也，土人以其东面赤，群呼曰"赤面石"，躬庵旧有记特详。

（《魏叔子文集》卷一六）

翠微峰易堂记（节录）

彭士望

宁都郊西，奇石四十里，率拔地作峰，形互异，低昂错立，岩壑幽怪。北距邑所称"金精"半里，更西，峭壁赤矗，辟禽陟绝，望葱郁，曰"翠微峰"。峰东首坼微径，仅可容一人，初入益暗，稍登丈余，抵内壁，一孔偻出暗桥下，孔可三尺许。出孔，径益隘，更扪壁侧行，旋折登数十步，渐宽，崩石攲互，如游釜底。再上及阁道，孔出如暗桥，忽开朗轩豁。石穹覆，东向纳朝日，曰"乌谷"，可容百十人庇风雨。乌谷上栈道，梯磴杂出，径视初入益隘。顶踵接，更千步，壁尽，旷朗，磴道益宽。人翔步空际，历历可数。巅矗起，西行渐平，脊坼三干，巅环周二里许，下视城郭，溪阜陵谷，村圃畎浍，人物草树屋宇，圜匝数百里，远近示掌上……

山势高，屋宜隐伏，顾夹两石壁，横不得方。独中干束缩，后托圆顶，张肘平衍，可接百武。辟堂其中，曰"易堂"。堂广二丈、深二之一有半，北向，凭右干外，太阳、赤竹、南光诸远峰张旗鼓，中列屏几相望峙。左右从两庑，因地势并长。堂前门外隙地，旧有泉涌出，亦甘冽。潴为塘，积淤易塞。道左高柳出天半，垂条拂地，春时缥缈，濯濯可爱。更循围下路过塘塍，可三十步，有堂负右干，绝隘，室绝小，可八九间。横小室南向，余俱西面壁，临汲道，不得方列，恒不得见日星，独逼侧。并左干壁行，向尽，小栅门藤萝交荫，磴道下可三丈，有泉澄碧，甘冽寒洁，生石峡中，脉南出，涌小泉，状如葫芦，汪注大井阑。巨石其外，下凿石底，深广二十尺，数百人可均给。久雨，渠水溢漫，从小窦出，当极涸，昼夜不逾十数斛，井泉盛时，一日夜可复。泉口外，双石骈立遥拱，及山半，土埠下托，类盘庋，曰"双桃石"，泉曰"桃泉"。从堂后出，围地丈余，艺杂树。登石级累百，践左脊，南望两崖间，有池一泓，堰种蔬，广榭阑干廊步，花木纷翳，池中种白莲百余本，楼屋三楹临其上，曰"勺庭"，地最胜，直距堂可一寻。

循勺庭土垣，更右登南冈，为左干，始析，腋最高，有阁翼然。石分东西向，粉白辉映，中植桂、梧桐、腊梅、梅、竹、荼蘼、月刺之属，桂尤盛，四时花不绝。中干更东行，益高，始析右干，绾口有堂一区，从小屋十余，亚视"易堂"，门临道。右干平抱，多桃花，如村落，东望郊原，旷甚。稍北，并庚廪春臼，背深谿，为右渠滥觞地，可资溉濯。渠出中干，右腋独长，绕出易堂外，纡左，经柳下西壁，迤北达于泉。左干高特达周，四望风迅，无人居。平其地百步，为箭道，土厚多杂木，行可半里许，自阁下包勺庭、易堂，为泉东障。蔬果出时，狙公窃据，相引下，盗食狼藉。沿山颠修木万本，花实瑰异，不可名状，松、桃花、梅、竹最盛。

乙酉冬，魏凝叔（即魏禧）知天下未易见太平，与其友将为四方之役，谋所以托家者，时邑人彭宦得兹山，创辟，凝叔合知戚累千金，向宦买山，奉父母及兄善伯（魏际瑞）、弟和公（魏礼）居焉，旁及其知戚。始，远人林确斋（林时益）、予以义让，不甚较赀，余视赀多寡，最，凝叔兄弟及曾止山（曾灿）家，次，杨、谢诸姓，又次，邱邦士（邱维屏）、李力负（李腾蛟），俱宁人。丙戌冬，闽及赣郡继陷，诸子毕聚，始决隐计。丁亥，合坐读史，为笔记论列，间面课古文辞，抽古人疑事相问难。为诗，诗一遵《正韵》。朔望，凝叔父魏圣期翁暨诸子衣冠述《乡约》、《六谕》，徐及古今善行事，内外肃听。是冬，诸子言《易》，卜得"离"之"乾"，遂名"易堂"。戊子秋，吴竟鲁至，始谈学。同堂惟彭中叔（彭任）居三巇，每期必赴。设钟磬，歌诗，群习静坐。时凝叔始落勺庭，迟其荦，居来学者。未几，竟鲁行。

己丑，土乱，屏不得下。庚寅春，邑屠掠，幸不及山。壬辰秋，宦（按即彭宦）作难，山毁。宦旧为山主，狙猾阴贼，极专擅。诸子多其功，曲下之。凝叔尤笃昵，数破产佐赀解纷，为纾其难，宦更偃蹇，益骄。是秋，与族讼，被答，激为变，交通土贼，谋破城杀答己者，及所不快诸子中数人，众觉，先避去，宦事随败，竟死。甲午，善伯倡复，率二弟更居之，并招诸子。诸子既久隐穷约，被山难，贫益甚，散处谋衣食，公见外，仅时一过从，不得逾三宿，家室非乱迫，尤不得至。

自乙酉迄今庚子，十六年，多难，山城路数通塞，不时聚散，壬辰后，遂散不复聚。惟戊、己间聚最久，节序岁腊，会堂上饮食，春秋祀祖祢，相赞助合馔。平居书名称友兄弟，如家人礼，子弟亦如之。常易教，不率，与答。无恒父师。诸子中多好游动，经年岁，居行无二视，一人行，众视其家，左右匡植久要，期至死弗革。

方初聚时，俱少年朗锐，轻视世务，或抗论古今，规过失，往复达曙，少亦至夜分。不服，辄动色庭诟，声震厉，僮仆睡惊起，顷即欢然笑语，胸中无毫发芥蒂。每佳辰月夕，初雪雨晴，辄载酒哦诗，间歌古今人诗，辞旨清壮，慷慨泣浪浪下。或列坐泉栈，眺远山，新汲，吹龠煮茗，谷风回薄，井水微漪。遇飞英堕叶缤纷浮水际，时一叫绝，几不知石外今是何世。盖自有"易堂"，凡所为嬉笑怒骂，诵读讲贯，谋断吉凶，歌泣困厄，濒死丧，言行文章，上及爻象、兵、农、礼、乐、学道、经世之务，罔不遍及，其于学无常师，亦罕所卒业。易堂所至，大猾、武健、技术、任侠、博雅知名士、方外、石隐、词章、独行、理学，穷约显达之人，亦罔不遍，或一过，或信宿旬月，今益久。诸子少壮老衰互相迫，子弟中昔提弄孺稚，忽冠娶有家室且抱子，而诸子卒未尝有一人发抒建树。奄忽向尽，俯仰陈迹，感慨系之。

于兹山最力者，始事凝叔，中和公，终善伯，和公固不自言力。彭宦有心计，创始，鬻山致多赀，卒以乱自贼，不足道，劳有足称者，善伯以社祀，袝焉。山远望驯伏，近峻削，浑成一石，隐不见屋，乍至，非望见扶阑，疑无居人。先年俱荆榛填合，罕人迹，山绝壁无路，不可登。二三樵者觇其上多薪木，乃艾道束缚，跣，腰镰索，持数日粮、火种，从圻缝猿引扪登，恣樵伐，掷下，售获十数金。宦素健，多力，闻之，遂从登，议荒度。樵时一人堕，立死，肢体零落。山麓俱小阜周附，下堑极深广，不可逾越。麓北多岩穴，可居，苦远汲。南，绝壁下崩石磊磊，石眠立，状各殊异……

诸子矫捷者，间避潦着屦行石中，或自负物，冠石子弟为尤健。诸佣保杂仆，日运薪荷担自城至，蔬馔间提抱小儿女，运竹木诸器用，物极大，更缒上。岁时负米谷钟石，晚昏登降如疾猱。妇女童孺始极怖，或垂涕泣，稍扶掖攀附，亦能上下，久习，有独行者，健婢亦间能负戴。大都行圻中，逼窄，视天止一线。耳目专一，畏恐，缘横楷木，磴道颇有凭翼。圻中不及风雨，特苦行潦，非久晴不燥。垂及巅，六七十步，始得张盖。惟上下恃捷及，欲速，失足立死，罕一二全活。亦有醉坠，横挂圻壁中不得下，仅损头面者。前后陨毙凡数人。

山居屋有五，"易堂"为公堂，左右室并列，善伯兄弟左庑，邦士附后。邦士更为土室六七尺，依柳下。右，予、确斋，庑后稍高地，予、确斋更为半丈室三。过塘塍，西，面壁堂室为止山居，力负附，更为书室邻止山。并西凿石为阁，公登眺，无专属，阁中阴沁，内壁出泉，不可居。两个属善伯，子兴士（魏世杰）读书其中。右绾口室，李少贱（李腾蛟）居右，左，谢子培、杨、曾分居并列。勺庭为凝叔别业，整静，山中独居惟凝叔……庚廪俱有分，公奢、曰。泉右凿石龛祀社，山下隘口亦龛石为社祀，山上下社祀二。关有四，隘口为首关，外栅觜石，嵌两壁间，长二仞，为暗桥，孔横厚木，门夜施楗，镇以巨石。乌谷为阁道，悬楼垂出石外，便远眺，阁道上下积刍茭米谷，石砲巨挺，萧斧悬金，为守具。底谷为室，宿守者，恒守者公饩之，以察视非常，严启闭，隐若敌国。

山重禁有五：居毋得杂，毋更室，毋别售，毋引他族逼处。畜木毋折枝，秋冬许修木，有分地，毋逾，毋伤老干。关启闭有时，毋擅，毋疏忘。客至，公白出入，毋私。佣担负毋过五人，客从亦如之；佩刀者毋得入。旱有井政，钥栅启毋不时。井栏架木栈便汲，汲以序，毋搀，量口毋不均。水石斛必分众，毋擅轮；监汲，虽至亲，毋偏纵强窃；既罚，是日无与水。泉侧别凿石溜泄渠水，垂千尺，下润硗亩。毋令浊水入泉，旱更畜之，滋泉脉。其浣濯灌涤，资勺庭池及他潴，毋过滥。极旱，为酿供宾、祀，或从山下汲。下汲，视他山为最苦。善伯常欲因右腋隘处为陂，外阑石，内实以土，储水数千斛。宦固旧为陂，特窍石横植木，实以埒。壬辰夏，淫雨，陂圮埒遏，渠水溢不得过，予室没二尺，堂墀波涌，妾方娠，自灶奔室，同内人挽行水中，几沮，漂物及鸡鹜无一存者。是秋有宦之难。诸室惟予壁后门临渠，故水入独甚。凡闻乱，纂严，增守械，益丁，守者宿乌谷，轮督，毋委避，毋玩，毋宵归；非山居人毋听上。山居一人，或异色目一人偕，亦毋听上。夜呼，虽父子必待晓，辨察然后入。环巅各分汛守眺，毋少离。凡逾禁，有重罚，毋贳；尤重故者，不率，及三罚不变，公摈之。

山有最不利三，最利五，最急一。最不利死，不可棺殓，必缒下，始克成礼。泉最不利涸，朝涸夕鸟兽散，不得视他山，可下汲。最不利贫，无人力赀财馈运，难一日居。最利守，上击下，石卵大，转激腾跃，势莫可当。擂木石，具斧凿，山尽为砲。掷雉尾炬，塞径口，立焦灼。孔出，伏暗桥侧，挺斧交下；仰攻，桥石厚，径转侧不得动。鸣金众聚，静逸以待。闭重关垒塞，一弱女子可抗千劲卒。屋最利隐，不外见。他山既暴露，苦风日，更招摇瞻视。居最利不杂，侨寓惟二姓，诸不得引蔓，成久假。患难一心力，集思，性命可共。泉最利在山，不忧绝汲道、生内变。山虽石，土厚，最利畜木，拱把修数丈者千计，丈者万计，薪可支五年，掘根亦可二年。其最急积储，计口积粟，极少亦支一年。以乱猝至者，非聚三月粮，不许上……

予意翠微形势，当出神仙奇怪人。又，首坼千余尺，似经凿治，非王者力不能办，岁久壅蔽，疑为古金精，至今邑令长犹望祀。后人乐便易，但就近附会，讹失，且移祀双拳石，甚无谓。邱邦士然予说，为诗纪事。山中曾掘得古剑、铜簇（应为"镞"之误）、磁碗，碗质甚粗，青赤色，画云鸟，云是元时物。元时虔最苦兵，民尽砦居，多古迹。簇长三寸，丰重而突，非近代器。剑独久，形色类石，被锄断数截，有铜质未尽化，疑丽英修炼具，众分藏之。后山毁，家人仅身免，俱失去……方宦作乱死，遗樵、佣仅十余，闭守抗攻者百千人，下石，有死者。昼夜班数十健卒，斗匝岁不能下，招降始罢去。顷，善伯善赣帅，多雄武士，驰览边徼，轻险阻，曾一至，饮不敢尽三爵，惴惴谓天下绝险云。

（《易堂九子文钞·彭躬庵文钞》卷五）

附 录 二

走过赣南

赵　园

由南昌到赣州的一段路，是在列车上"走过"的，因了贪看车窗外的风景，几不敢有片刻的休憩。在我看来，收入窗框的，都如画般美。北国是干旱与漫天沙尘，这里却水田漠漠，有我不知其名的白色的鸟，或一只或一组，由水面上翩然而过。此行预定的主题，是寻访明清之际宁都的一个被称做"易堂"的士人群体的遗踪，我的兴趣却溢出了这范围。我想感受一下于我来说陌生的赣南。

赣州是个有"清洁"之誉的小城。我事先说明了意图，说我要寻找明末的某地，无论其地现在的面貌如何。得到市地方志办公室张先生的帮助，我计划中所要踏访之处，居然都找到了。那位明末忠臣杨廷麟自沉的清水塘，在民居的包围中；他的埋骨之处，则有新修的滨江大道通过。这些原在预料之中，因而既无找到后的欣喜，也不至因面目全非而失望。出我意料的，倒是那水塘还在——赣州不曾放弃对那段历史的记忆。

之后是作为旅游景点的郁孤台与八境台，这些地名都曾出现在我的人物的诗文中。郁孤台始建于唐代，宋、明两代都曾重建，本是士大夫发思古之幽情的所在，而我所要寻访的清初人物，思绪却像是总难以远萦，而牢牢地绾在了易代之际血与火的历史上。他们无法忘怀发生在这里的血战。一些年后，他们中的曾灿，还写下了"风雨招魂半友师"的沉痛诗句（《秋旅遣怀兼柬易堂诸子》，《六松堂诗文集》卷六）。

赣州曾有章贡之称，八境台下，即章江、贡江的汇流处，境界开阔。但这座小城令我印象更深的，却是那段据说宋代的城墙，城墙下贡江上的浮桥，近城墙处临街店铺的骑楼。骑楼苍老古旧，如我此后一再看到并为之着迷的大樟树。煞风景的是，城墙整旧如新，将真古董包进了崭新的青砖里，令人想到了将铜锈打磨净尽的古彝鼎。据说浮桥是应市民的要求而保存下来的，不知那些骑楼有无这样的幸运，会不会在拆迁改建的热潮中被清除干净。后来才发现，江右像是到处在实施"一江两岸"工程。在此后的旅途中，所经地、县级城市中，有文物意义的老房子已难得一见，而那些县城几乎难以彼此区分。

晚间，与同伴闲走在赣州的夜市，翻看书摊上的盗版书。看过了冷清的市场，听着个体书贩"生意难做"的抱怨，至少我自己，一时竟没有了对于这种"非法经营"的愤慨——我实在想不出那些摊商不做这种生意，该以何种方式谋生。

近几年有"风入松"、"万圣"、"韬奋图书中心"兴起，京城已不大见"新华书店"的招牌。即"西单图书大厦"、开张不算太久的"王府井书店"，也像是不欲读书人联想起"新华书店"的老面孔，我的此行受到的，却是新华书店的接待，而且犹如"驿递"，被一站站地"递送"过去，由此也接触了风采互异的书店经理，尤其女经理。在餐桌上听经理们叹苦经，获知了一点此一行业的经营状况，算得一点意外的收获。

由赣州前往大余的路上，汽车在瓢泼大雨中打开了车灯。车窗外水雾茫茫，几乎咫尺莫辨。行前在京城得知，南中国到处都在雨中，这一趟却只是在大余与宁都，与春雨遭遇。事后想来，正是这雨，给了记忆中的两地以情调。或许古老的岁月，正赖这潮润，暗中传递着它们的消息？

即使不曾嗜古成癖，我也更喜欢"大庾"这字样，以为仅这字样就已古意盎然，不解何以要改用"大余"。抵达大庾岭时，暴雨已过，古驿道由两侧的梅树簇拥着，因微雨而显出了幽深。这段驿路修筑于唐代，领此一役的，是那位写过"海上生明月，天涯共此时"的张九龄。回到北京后查阅方志，得知宋代始有"梅关"，且加种了红梅。明成化间则重修岭路，"易甃以石，二十里悉为荡平"（乾隆十三年《大庾县志》）。顾祖禹《读史方舆纪要》也说梅关曾久废，"正德八年始修治之，崇崗壮固，屏蔽南北，屹然襟要"（卷八八）。我们由卵石铺成的驿路走到关下。驿路呈台阶状，徐缓地在山间延伸，因过于整饬，少了一点历史苍茫感，梅关对此作了弥补——即使并非宋明所遗，那风雨剥蚀的痕迹，苍老的颜色，也足以唤起深远的记忆。也如赣州的并非雄关，梅关也非地处险要。驿道宽阔，虽上下行，却较为平缓。但这盘旋不已像是要伸展向无穷远方的道路，仍然引人去想象行旅、漂泊的艰苦与寂寞。

枝头的梅子尚青涩。其实明末清初的梅关已无梅，我们所见路边的梅树，为后世尤其近年来所栽，无非为了补足"梅岭"、"梅关"的意境，因而梅关虽古而梅树不古，没有王猷定所谓的"古铁峥嵘"（《滁游记》，《四照堂集》卷九）。大余人告诉我，我所要寻访的易堂诸子倘南下广东，必过梅关。回到北京后查阅了顾祖禹《读史方舆纪要》、近人杨正泰的《明代驿站考》，梅关确系那些人物粤游所必经。

管理这景点的，是一位看起来泼辣能干的中年女性。附近山中修建了度假村。这里应当是举行史学会议的适宜场所，可以就近探访历史踪迹，甚至直接嗅到历史的气味。

仅仅"于都"（旧作"雩都"）、"瑞金"的字样，就已挟带了"历史"。从于都"长征第一桥"上经过的时候，自然想起了肖华《长征组歌》中的"红军夜渡于都河"。晚餐后，瑞金书店的工作人员陪我们走过街道，有搭了篷的人力车接连由身边驶过，只消一元钱，随便你到县城的任何地方。据说当下岗工人涌入了这一行业，车夫们的生意就日渐艰难。昏黄的路灯下，那些踏着空车的车夫，神情疲惫，表情迟钝，搜索的眼光像是含了畏怯。

在书斋坐得太久，尽管住在普通的居民小区，仍像是有了与基层社会、基层民众的间隔。我不能说经了这样的行走，就能触摸到那一地质层。我能触到的，不过表皮而已。在赣南的某地，曾有当地居民围了拢来，向我诉说拆迁中因补偿的微薄难以安居之苦，说附近有老人因失去了居所而自缢。得知我来自北京，他们中有人说，你早来一个月就好了。他们何尝明白一个书生的无力。我知道我们出现在那里，不过使他们有了短暂的兴奋；他们的难题太具体，很快就会忘却这几个外乡人，我却一时难以摆脱那焦灼、期盼的眼神。

瑞金宾馆的大草坪，满盛了月色与淡淡花香。久居"水泥森林"，已不记得何时享用过这样的清光了。香气据说是"月月桂"发出的。巨大的樟树令我想到俄罗斯文学中的老橡树，那如同哲思中的智者的巨大橡树，《战争与和平》中那棵与安德烈·保尔康斯基公爵之间有着神秘的感应与交流的大橡树。江右的大樟树不像是哲思的，却也古旧如历史。苔痕斑驳的树干上，枝桠间，生着据说可供药用的附生植物，俨然将樟树松软的树皮当做了土壤，使这些有着数百年树龄的老树更加苍老。后来在杭州也见到樟树，有藤蔓攀附，当地叫"香樟"，或系同一种属，风味却已有不同。

我和同伴们踏月、听蛙鸣，待到坐在大樟树下，几乎自然而然地，谈到了"革命"。第二天清晨，走访了叶坪、沙洲坝。回京后洗印了所拍摄的照片，发现叶坪的绿草、黄泥墙，最富韵律感也最为悦目。在苏区中央政府所在地，又看到了巨大的樟树，有一株曾经炮火，躯干弯曲到地。我终不能如安德烈公爵那样，与这些见证过历史的老树交流。倘大樟树真的有知，我还不曾准备好如何与它耳语，向它发问。

宁都的第一天也如在赣州，凭借了当地从事方志工作的先生的帮助，颇有收获。黄昏已近，我们还站在公路边的草丛中，察看一方被作为文物保护的墓碑。次日却下了雨，到我们离开宁都，这雨一直下个不停。我们仍然来到了翠微峰下。烟雨苍茫。雨中的春山更绿得透彻、晶莹，绿得无边无际。山野的气味至不可形容。我的那些人物的呼吸，似留在了这温润的空气中，潭水般沉寂的山岩间。事后想来，正是这雨，给了我记忆中的翠微峰以颜色与情调。那一带山在我的回想中，将永远是水淋淋的，幽深而凄清。

我们所经之处，未见百年老树，如瑞金的大樟树，但我知道这山是古老的，由山岩感知了这古老。这一带山石如霖漆，表皮脱落处色近于赤（或赭），即近人所修《翠微峰志》所谓的"丹霞地貌"。山体通常像是整块的，未经切割。有一处垛着方形、金字塔形的巨大石块，未知经了何等样的山体变动造成。所谓"金精十二峰"，俨若天设的巨石阵。当晚所宿的度假村，即在天然的穹顶下，厨房甚至直接借诸山岩，而未经搭盖。凸出其上的赤色岩石，有一道道如漆的水迹涂染，奇突怪异。只是不知何故，所经之处极少鸟鸣，只有我们一行的足音；弥漫在山峦间的，像是亘古如斯的岑寂。随处可见的人迹证明了这是错觉。但这份寂静真不可解，何以竟深到如斯。

赖由这一"实地"，我由文献中读出的人物渐形生动，隐约可感他们的呼吸。留在砖石山岩上、为大自然所保存的历史，与文字历史，在相互注释中见出了饱满。

即使确有人迹，宁都的山仍然有一种像是未经驯化、以至"鸿蒙未开"的朴拙古老。这不是那种可直接入画、即合于国画技法要求的山，山并不高峻，山形也算不得美。我所喜爱的，正是这种"非标准化"，像是恣意伸展的任性与质朴，这种未经过分雕饰、未经人类审美文化规范的浑朴，甚至粗粝。刘献廷比较江南、江西山水，说："江西风土，与江南迥异。江南山水树木，虽美丽而有富贵闺阁气，与吾辈性情不相浃洽，江西则皆森秀疏插，有超然远举之致。吾谓目中所见山水，当以此为第一。"还说，"它日纵不能卜居，亦当流寓一二载，以洗涤尘秽，开拓其心胸，死无恨矣。"（《广阳杂记》卷四）我对江南（其实即吴越）山水全无心得，对于刘氏的说法无从评论，却自以为能理解他的感受。对于这里发展旅游业的前景，我却不敢乐观。中国的山太多。发展旅游业需要多种条件的辏集，除交通外，还有人们的观赏习惯、审美期待。因而我实在不愿看到盲目的旅游开发，如这里进行中的那样。翠微峰壁正在镶嵌时贤的书法作品，令人看得心疼。我们已有太多破坏性的"开发"，使其地永不可能复原。何不暂时留一带青山，任农民在那里栽培、养殖，不更去惊扰其地的宁静?!

由抚州赴乐安县境内的流坑村，途径临川、崇仁，车窗外有茂林修竹。较之离开不久的宁都，这里有显然经营得更好的乡村。我却被自己的思绪所缠绕，像是留在了那一片雨中的山峦间，沉溺在了那片清幽中，难以拔出。我知道经了此行，那些山真的与我有了某种缘。这想必也因了人物，我所寻访的人物，与我在这里邂逅的人物。

倘若不是县文联的曾先生，我们在南丰将一无所获。这里的人们对于明清之交城西的"程山学舍"，似乎已茫无所知。他们自然也不大可能知道，三百多年前，曾有几个南丰人士，与宁都山中的一班士人此呼彼应。

流经南丰的，有盱江，旧亦作"旴江"。江右地势，陂陀起伏，此行全程未见大山，却屡见大水，令我约略体味了"江入大荒流"的意境。几乎所经过的每一城都傍着江。不但章、贡二江，沿途经过的，无不是名副其实的江，是大水，而非干河床上的一弯细流。于是一再看到杨柳岸，近岸的树干半浸在水中。"赣水苍茫闽山碧"。曾有人告诉我，他"文革"中过赣江时，印象极深的，是那水的清冽。我所见江右的江已不如是，苍茫却依旧。

每涉足遗迹，第一个念头，即分辨真伪（"伪"包括了后世的补充、添加、增饰、改造等等）——或许多少也是一种"学者病"。南昌的八大山人故居、赣州的郁孤台、南丰的曾巩读书台，均应属"遗址"或曰"原址"，只有那些山是无疑的"旧物"，尽管经了岁月的剥蚀。所幸流坑的民居尚不失为旧物，纵然年代难以一一厘定。沿途我已在注意老房子，在瑞金苏区中央政府所在地，在宁都近郊。流坑村自然集中了更多、保存更为完好的老房子。近几年与"老房子"有关的时尚，毋宁说是由出版界蓄意制造的；时尚的视野却也助成着对流坑一类地方的发现。然而这村子令我感动的，却更是流荡在古老建筑间的活的人生的气息——进门处有米柜，农具靠在墙上，板桌上、天井的水池边，是刚洗过的青菜。今人与古人，前人与后人，那些富有而显赫的人物，与他们的农人后裔，俨然共享着同一空间。只要想到在这些老房子中每天以至每时都会发生的相遇与"交流"，想到你随时可能与活在另一时间的人物擦肩而过，无论如何是一种神秘的经验。较之午后的傩戏表演，这些实物与尚在进行着的日常生活，或许更有民俗学的价值。

吸引了我的，还有村中的深巷。紧紧地夹在高墙间，青砖被岁月所剥蚀，像是随时会有旧时人物，由巷子深处走来。是正午时分，几处门廊下，有围坐聊天的男女，很闲散的样子。孩子们则端了大碗倚门而食。巷中有烧柴禾的气味，令我与在乡下生活过的同伴欣然。这气味是我们曾经熟悉的，却在城居中久违了。

流坑村外又见到了大樟树，有村妇在樟树下编织。附近的小学校园中，残存的祠堂石柱，立在空旷处，别有一种残缺的美。村人告诉我们，这小学有五百多名学生，教员久已得不到工资，如若停课，即会遭除名。倘若真的这样，那些教员一定在坚守岗位无疑，只是不知道他们将如何保证教学质量。但这想必不是那些孩子们所担心的，他们围在这旧时学舍的两方水池边，嬉闹得一派天真。

过后查了一下地图，才知道我们的此行，纵横行驶，途经地域之广，是我行前未曾料及的。连续乘车，在我也是破纪录的经历。其中南丰到抚州的一段行程最有趣味。夜行的车中播放着老歌，我的身边是一路大唱的快活的年轻司机和他的女友。过了南城，"五十铃"在一段坑坑洼洼的烂路上颠上颠下时，司机给我们讲了他开夜车的经验。

我的旅行，通常无所用心，本来就没有考据癖，对于由来、故实，概不追究，得其意而已。自己以为佳景的，多属境与心会，其缘由未必说得清楚。这回稍有不同，因带了"任务"，不免多了点好奇心；回来后查书，又难免要掉一点书袋。其实一向有赖有"行走"的学术，社会学、人类学、民俗学就是。我是喜欢"行走"的，却第一次使行走与学术发生了干系。即使不便言"考察"，在我，也是一种新鲜的经历。只不过另有代价，即太有期待，有过分明确的目的性——这也应当是学术性考察与旅游的不同之处。文人随时书写的习癖，也势必影响到观看，有如摄影爱好者的习于经由取景框看世界，不免将"外部世界"框限、"画面化"了。"意图"规范了视觉，多少牺牲了获取更丰富的印象的可能性。

离开南昌，在杭州的宾馆、西湖游艇上，已开始了咀嚼，反刍。返京前的那个上午，在"虎跑"的茶室，要了一杯茶，在旅游景点门票的背面，写下了片段的文句。附近有一两桌高声谈笑的茶客，但我的心很沉静。窗外是江南的花木，浮出在我眼前的，却依然是赣南的江水，烟雨中的山峦林木。

写作在"行走"中，不消说与书斋风味不同。或许有一天，我能摆脱对于书斋的依赖，在随便什么场合写作，在旅中，在客舍、茶寮中。我知道自己仍然会在书桌边待得很安心，却也会在另一个日子里，携了纸笔启程。

二〇〇一年五月

附 录 三

本书征引诸书版本

《魏伯子文集》、《魏叔子文集》、《魏叔子诗集》、《魏叔子日录》、《魏季子文集》，均收入《宁都三魏文集》，道光二十五年刊本。

魏世杰《魏兴士文集》（《梓室文稿》）、魏世俶《魏昭士文集》（《耕庑文稿》）、魏世侃《魏敬士文集》（《为谷文稿》），均为《宁都三魏文集》附集。

《彭躬庵文钞》、《邱邦士文钞》、《彭中叔文钞》、《林确庵文钞》，均见《易堂九子文钞》，道光丙申刊本。

《丘邦士先生文集》，康熙五十八年刻本。

林时益《朱中尉诗集》，民国胡思敬辑《豫章丛书》本。

李腾蛟《半庐文稿》，《豫章丛书》本。

曾灿《六松堂诗文集》，《豫章丛书》本。

彭任《草亭文集》，民国十三年重排本。

宋犖《筼山文钞》，《豫章丛书》本。

陈恭尹《独漉堂全集》，1919 年序刊本。

《船山全书》第 12 册，岳麓书社，1992。

《黄宗羲全集》第 1 册、第 2 册，浙江古籍出版社，1985、1986。

《黄宗羲全集》第 10 册，1993。

顾祖禹《读史方舆纪要》，上海书店出版社，1998。

清郑昌龄等修纂，乾隆六年刊本《宁都县志》，台湾成文出版社有限公司印行，《中国方志丛书》本。

清黄永纶等纂修，道光四年刊本《宁都直隶州志》，同上。

清朱扆等修纂，乾隆四十七年刊本《赣州府志》，同上。

清卢崧等纂修，乾隆三十年刊本《南丰县志》，同上。

清柏春等修纂，同治十年刊本《南丰县志》，同上。

民国包发鸾等修纂、民国十三年刊本《南丰县志》，同上。

清蓝煦等修纂，同治十年刊本《星子县志》，同上。

宁都县地方志编纂委员会办公室编《翠微峰志》，江西人民出版社，1994。

赵御众、汤斌等编次，方苞订正《孙夏峰先生年谱》，《畿辅丛书》本。

《黄宗羲年谱》，中华书局，1993。

张穆编《顾亭林先生年谱》，台湾广文书局有限公司，1971。

王之春《船山公年谱》，《船山全书》第16册，岳麓书社，1996。

任道斌《方以智年谱》，安徽教育出版社，1983。

《李塨年谱》，中华书局，1988。

温聚民《魏叔子年谱》，商务印书馆，1932。

汤中《梁质人年谱》，商务印书馆，1932。

温肃编《陈独漉（陈恭尹）先生年谱》，《独漉堂全集》。

《顾亭林诗文集》，中华书局，1983。

方以智《浮山文集后编》，《清史资料》第6辑，中华书局，1985。

方以智《通雅》，康熙丙午立教馆校镌。

孙奇逢《夏峰先生集》，《畿辅丛书》本。

鹿善继《认真草》，《畿辅丛书》本。

孙承宗《高阳诗文集》，崇祯一年序刊本。

金声《金忠节公文集》，道光丁亥嘉鱼官署刊本。

《颜元集》，中华书局，1987。

朱彝尊《曝书亭集》，上海世界书局，1937。

朱彝尊《静志居诗话》，人民文学出版社，1998。

施闰章《施愚山集》，黄山书社，1992。

王源《居业堂文集》，道光辛卯刊本。

刘献廷《广阳杂记》，中华书局，1957。

王猷定《四照堂集》，《豫章丛书》本。

阎若璩《潜邱劄记》，光绪戊子同文书局刊本。

《明经世文编》，中华书局，1962。

《碑传集》，《清代碑传全集》，上海古籍出版社，1987。

《国朝先正事略》，岳麓书社，1991。

全祖望《鲒埼亭集》，《四部丛刊》本。

孙静庵《明遗民录》，浙江古籍出版社，1985。

余英时《方以智晚节考》，台北允晨文化实业股份有限公司，1986。

尚小明《学人游幕与清代学术》，社会科学文献出版社，1999。

后　记

　　正在为那本《明清之际士大夫研究）撰写"续编"，江西教育出版社的刘景琳先生来约一本"文化寻踪"性质的小书。我想到了明清之际赣南的易堂。"续编"中将有一组以易堂为分析材料的论文，写作时曾为不得不舍弃一些生动的材料而惋惜。倘若没有此次稿约，也就一任其被舍弃，这时却有画面由记忆中浮出，一群三百年前的知识人，似乎隔着一大块时空在向我呼唤。

　　不必讳言在长时间的"论说"之后，"叙述"对于我的吸引。"易堂"在我，是可供叙述的材料。或许只是为了"叙述"，只是不忍舍弃"叙述"，才终于想到写这一本小书的。我也依然在寻求挑战，包括寻找文体、笔调，寻找别种表述的可能性。随笔这种较为自由的文体，自然有助于缓解"做学术"的紧张，将被"学术文体"筛除的零碎印象、感触，搜罗拾掇起来。至于一再写到易堂，并非出于"价值"方面的估量。我确也不认为这一群体有何等重要；我的意图不过在借此个例，打开某些被忽略的视域，使"明清之际士大夫"的丰富性得以展现而已。

有明一代，江右曾经是王学重镇。赣州虽与泰州学派一度活跃的吉安相邻，魏禧、彭士望对王阳明也备极倾倒，却与王氏发起的思想运动以及上述思想派别没有多少关系，与江右王学中人所从事的社区改良活动也无关。他们不在那一传统中。因而本书所叙述的群体不但不具备思想史的、也不具备社会史的重要性。写这题目，我的兴趣仍然在"人"，在特定环境中人的生存方式与人生选择，在那一时期士人的所谓"心路历程"。易堂吸引了我的，毋宁说是其"表述"，尤其其中人物的自我刻绘与彼此状写。我曾由易堂诸子的文集中读"言论"，这回则是读"性情"、读"行踪"、读人与人的关系。这一班士人的文集中，确也保存了较为丰富的可据以想象其人的材料。

凭借了写作本书这一机缘，我得知了出于特定目的的阅读会有何种取舍，在通常的论文、论著写作中，我所舍弃的是什么。由此又不免想到"学术方式"的代价——即如有妨于面对生动的"感性"、"个人"、"日常"，丰富的差异、多样。

既取叙述而略论说（只是简略，而非省略），对于文字材料的选择自与论著不同；又因系"寻踪"，对时间、方位不能不有一份敏感——后者更是我平素阅读中一向忽视的。当着借重了时间线索给予叙述的便利，却又想到，对于时间作为标记的依赖，是否也将过程简化、因果化了？那些线索似乎本不应当如此清晰，以至由三百多年后的今天看过去，人物的人生轨迹历历分明。

我自然明白，收入其时士人文集的，多半属于准备日后公诸于世的文字，包括书札，"私人性"不能不大打折扣。那些叙述是在既有的文体规范，以至流行的言述方式、语言策略中生成的。我写作本书所凭借的文集，有一些在著者生前即已版行，有极其自觉的阅读期待。你因而难以窥入更日常的空间。你被阻挡在了那些精心修饰过的文字之外，阻挡在了娴熟的文体技巧之外。我自然还想到，不止文体规范、言述策略，而且流传中的遗落、刊削，都预先决定着我的"寻访"所能抵达的边界。即使如此，我也仍然认为，明清之际士人文集中大量的自传性材料，是值得珍视的资源，其中有"正史书法"所摒弃的丰富的"人性内容"。而大量的遗民诗，是遗民研究的重要材料，其中甚至保存有可供考察其时士人物质境遇的丰富材料。所有这些资源都有待于开发。

近年来创作界流行"用脚步写作"，据说那方式是"空着脑袋大胆上路，边走边写互动传播"（《中华读书报》2000 年 7 月 12 日）。江西教育出版社这套丛书的设计，未必不因于时尚，尽管"文化寻踪"，本有此一体。

我的故事并不非凭借了赣南之行才能展开。那些情节在我翻阅一函函的文集时，就已由故纸中浮出，因而出发前不能不对"寻踪"心存疑虑。对于这一种研究，"实地"并不较之文献重要。我的人物在他们自己的述说中已足够生动，无须向地面上为他们曾经存在过寻求证据。"实地"固然会提供意境，却也可能另有其破坏性——朦胧空灵的想象一旦着陆，难免要风化剥落的吧。此外我也不以为能在那里找到什么，很可能一切遗迹都已荡然无存。我甚至以为有必要追问被我们指为"踪迹"的是一些什么，它们何以被认定为"踪迹"。我对自己说，我所能做的，只是尽可能地凭借文字材料构建意境，而不是复原"历史"。即使真有遗迹在，我所能面对的，仍然更是"叙述"而非"事实"。但我仍然上路了。

事后看来，走这一趟仍有必要。我需要一点颜色，一种气味，使推想有所附丽。我也希望我的文字能多少浸染一点其地山水林木的气息。而实地踏访，以及踏访后的继续询问，也校正了我的某些臆度。在这一点上，赣南的经历在我个人，更像是往返于文字与"实地"间的校订。走在赣南，我甚至问过自己，倘若能重新来过，是否有可能做别一种方式的研究？我当然也想到了这种"寻访"的得失利弊。前期准备已打造了部分意境，事先的文献阅读形成了明确的期待，因而几乎无法避免有意无意的排除、剪裁、组装。

由此也想到了所谓的"行走文学"。那情况似乎只能是，已有的蕴蓄借诸"行走"这一情境获取表达形式，否则"暴走"一族应当是理想的作者。当然，"行走"之为情境绝非无关紧要，其间应当有行走者与环境间的互动，有激发、触发，也有压抑与折磨。不能深切地感受苦难的，也不大可能因"行走"而文学。

本书所写到的人物，陈恭尹较之魏禧或更负才名，而梁份则更为学术史家所看重。魏禧、彭士望、林时益们，绝不是一些足以成为"热点"的人物，重提他们，也非意在召唤亡灵、起死回生。梁启超《中国近三百年学术史》关于易堂九子，说，"他们的学风，以砥砺廉节、讲求世务为主，人格都很高洁……但他们专以文辞为重，颇有如颜习斋所谓'考纂经济总不出纸墨见解'者。他们的文章也带许多帖括气，最著名的《魏叔子集》，讨厌的地方便很多。即以文论，品格比《潜书》、《绎志》差得远了。"（卷十二）这是近代治学术史者的评价，与魏禧同时之人所见已大为不同。

我因而想到了遗忘，曾经煊赫一时的名字的被遗忘，以及这遗忘是怎样发生的。即如魏叔子的被淡忘，多少也应因了不能纳入形成于日后的学科框架，不在某种思想、理论脉络中。但对叔子，的确是"淡忘"而非"遗忘"，这个人物还在他的文论中活着——近人编选清代文论，三魏及邱维屏有多篇入选（参见《清代文论选》，人民文学出版社，1999）——尽管可能有一天，也被由这一领域中删除。

这种遗忘非但正常，而且必要，否则人类的记忆将不胜负荷。我想告诉读者的是，那些消失在了时间中、被由诸种文本删除的人物，曾经有过何等鲜活的生命，他们很可能如我本书中的人物，有声有色地、诗意地活在各自的时代中。即使这些人物终将隐没在岁月的更深处，我的讲述仍然有可能丰富了、复杂化了人们对于那段历史生活的了解。这是否就是我写作本书的意义？

最初为本书所拟书名，是"危机时刻的友情"。"危机时刻"取自子平关于我那本《明清之际士大夫研究》的书评。这本小书所写，的确是一个发生于"危机时刻"、至少要部分地由"危机"来解释的故事。易堂故事最初吸引了我的，确也在伦理方面，朋友，兄弟，师弟，以至夫妻，尤其朋友。为此我尽可能逼近地"观看"他们曾经有过的生活，尽管他们所营造的意境算不得深邃。

对于明清之际，我的兴趣始终在士大夫的处境与命运，包括展开在上述伦理关系、日常情境中的命运。写作本书时，又浏览了任道斌先生的《方以智年谱》，再次被其人的丰富性所吸引。明中叶以后，士人对当代士风之恶浊，批评不遗余力，我由明代及明清之际的士人那里，却常能遭遇极清明纯净之境，赤子般的真挚与热诚。易堂诸子涉世均不够深，应当属于王国维所谓"阅

世愈浅，则性情愈真"（《人间词话》）的一类，是天性
的诗人，尽管不以诗名。我想，光明俊伟的人格，任何
时候都会令人神旺的吧。至于某个人物的魅力，自然会
销蚀在时间中，但它们毕竟以其短暂的存在照亮过他
人，即令细微如燏火，也是美丽的。易堂诸子孜孜于
"求友"，以他人丰富自己的人生；我则经由学术"读
人"，也以关于人的了解丰富了我的生活。在写作了本
书后，易堂诸子在我，已非漠不相关的异代人，他们由
故纸中走出，径直走入了我的世界。

我已经说过，写作本书的部分动机，在寻找文体，
有可能使我在不同时空信意地穿行的文体；在久为"学
术文体"拘限之后，体验较为自由的书写。而在事实
上，我只是极有限地做到了这一点，并不曾由既成范式
中成功地突围。"自由"也是一种能力，你并不就能现
成地拥有。

本书附录的魏禧、彭士望的两记，或许能引起踏勘
的兴趣。彭氏的《翠微峰易堂记》，实在可以读作一篇
导游文字。至于我的赣南之行，难忘的是宁都的山，沿
途的江，大樟树，以及所遇到的文化人，在寂寞中从事
文化保存的知识者。这些文化人对于乡邦文献的珍重，
应当使京、沪等处的同行惭愧的吧。我不知道倘若没有
那些我所要寻访的人，那些行旅中的邂逅，赣南是否还
会如此令我动心。为了此书，我应当感谢江西教育出版

社的周榕芳先生，与我一道踏访的刘景琳先生、刘慧华女士，感谢宁都县志办公室的李晓明先生、县采茶剧团的邓文钦先生，赣州市地方志办公室的张声濂先生，南丰县文联的曾志巩先生，赣南师院的赖伦海先生，大余县副县长万家榕先生，感谢赣州、大余、瑞金、宁都、南丰、抚州新华书店。我还要感谢对我提供了帮助的戴燕女士。

希望这本小书能使你得益。

二〇〇一年七月

图书在版编目(CIP)数据

易堂寻踪：关于明清之际一个士人群体的叙述／赵园著.
—北京：北京师范大学出版社，2013.1
（赵园作品系列）
ISBN 978-7-303-15653-5

Ⅰ. ①易… Ⅱ. ①赵… Ⅲ. ①士-研究-江西省-明
清时代 Ⅳ. ① D691.2

中国版本图书馆 CIP 数据核字（2012）第 269280 号

营 销 中 心 电 话	010-58802181 58805532
北师大出版社高等教育分社网	http://gaojiao.bnup.com.cn
电 子 信 箱	beishida168@126.com

YI TANG XUN ZONG

出版发行：	北京师范大学出版社 www.bnup.com.cn
	北京新街口外大街 19 号
	邮政编码：100875
印 刷：	涿州市星河印刷有限公司
经 销：	全国新华书店
开 本：	130 mm × 210 mm
印 张：	7.5
字 数：	160 千字
版 次：	2013 年 1 月第 1 版
印 次：	2013 年 1 月第 1 次印刷
定 价：	38.00 元

策划编辑：谭徐锋	责任编辑：陶 虹
美术编辑：谭徐锋	装帧设计：蔡立国
责任校对：李 菡	责任印制：孙文凯